金银潭抗疫纪事

熊金超　冯国栋　侯文坤　编著

JINYINTAN
KANGYI
JISHI

新 华 出 版 社

2020 年 1 月 26 日拍摄的武汉黄鹤楼和长江大桥。（新华社记者　熊琦　摄）

图书在版编目（CIP）数据

金银潭抗疫纪事 / 熊金超, 冯国栋, 侯文坤编著.
－－ 北京：新华出版社, 2020.4
ISBN 978-7-5166-5091-2

Ⅰ.①金…　Ⅱ.①熊…　②冯…　③侯…　Ⅲ.①纪实文学－作品集－
中国－当代　Ⅳ.①I25

中国版本图书馆CIP数据核字（2020）第052020号

金银潭抗疫纪事

编　　著：	熊金超　冯国栋　侯文坤	
选题策划：梁相斌		封面设计：周　悟
责任编辑：田丽丽		

出版发行：新华出版社
地　　址：北京石景山区京原路8号　　邮　　编：100040
网　　址：http://www.xinhuanet.com/publish
经　　销：新华书店、新华出版社天猫旗舰店、京东旗舰店及各大网店
购书热线：010 - 63077122　　中国新闻书店购书热线：010 - 63072012

照　　排：六合方圆
印　　刷：三河市君旺印务有限公司

成品尺寸：160mm×230mm
印　　张：17　　　　　　　　　　字　　数：190千字
版　　次：2020年4月第一版　　　印　　次：2020年4月第一次印刷

书　　号：ISBN 978-7-5166-5091-2
定　　价：58.00元

金银潭医院

——刺破新冠病毒阴霾的那道亮光

金银潭医院是武汉地区唯一一家具有近百年历史的公共卫生医疗救治基地，也是湖北和武汉的传染病专科医院。

2019年末，新冠肺炎疫情突如其来地在武汉暴发，疫情发展之快，前所未见。这场新冠肺炎疫情，金银潭医院首当其冲，从12月29日收治9例患者到21个病区800多张床位全开，只经过了20多天的时间。

武汉作为核心重灾区，于历史上首次封城，全国4万余名医护人员紧急驰援武汉、湖北，打响了武汉保卫战、湖北保卫战。

"武汉胜则湖北胜，湖北胜则全国胜。"

全国看湖北，湖北看武汉，而武汉则看金银潭。

金银潭医院是重症患者定点救治医院，疫情期间收治的全部为新型冠状病毒感染的肺炎确诊患者。从最早收治确诊患者、查找病毒来源、研究治疗方案，金银潭医院始终走在疫情阻击战的最前沿，成为疫情中的"风暴眼"。包括医生、护士在内的金银潭医院每一位员工，以及各地驰援而来的白衣战士们，以勇者无畏的先锋队姿态奋战在一线中的火线，坚守着脚下的阵地，以大无畏的崇高职业道德守护着身后的武汉人民。在被新冠病毒阴霾笼罩的武汉，似一道亮光破空而出，带来希望与曙光。

一部金银潭抗疫纪事，反映的是武汉人民、湖北人民、全国人民万众一心、众志成城抗击疫情的信心和能力，展示的是中华儿女心往一处想、劲往一处使抗击一切灾难的强大力量。

目 录

CONTENTS

第一章

金银潭——抗疫一线的火线

金银潭医院是这次新冠肺炎疫情阻击战最先打响之地。早在 2019 年 12 月 29 日，金银潭医院就开始收治第一批患者。面对未知的病毒，金银潭人以高度的责任感和使命感，冒着生命危险奋战在一线，全力抢救患者，并配合各地专家和科研机构，一步步揭开了新冠病毒神秘的面纱。

疫情期间，金银潭医院收治的全部为新型冠状病毒感染的肺炎确诊患者。武汉封城后，全国各地医疗队紧急驰援。最早收治确诊患者，且收治危重症患者最多的金银潭医院迅速成为了抗疫一线中的火线。

悄然拉开的序幕

2019 年 12 月 29 日，农历腊月初四。

深夜的江城，寒气逼人。

坐落在武汉西北地带的金银潭医院，灯火通明。

这一天，医院里突然收治了 9 例特殊的肺炎患者。

这 9 例患者中有 6 例与武汉华南海鲜批发市场有关，症状同是发烧、咳嗽、呼吸有点困难……

两天前，也就是 12 月 27 日晚，金银潭医院副院长黄朝林接到了一个来自武汉同济医院的电话，对方请求将一名冠状病毒肺炎患者转至金银潭医院。第三方基因检测公司已在这名患者的病例样本中检测出冠状病毒 RNA，但这个结论并未在检测报告中被正式提及。

金银潭医院院长张定宇正在与黄朝林讨论工作，凭借职业敏感，他立即拨通了北京地坛医院的电话，地坛医院的专家建议接收患者，并立即展开调查和研究。张定宇当晚就找到了这家第三方检测公司，通过沟通协调，由对方将相关基因检测数据发送给医院的合作单位——中科院武汉病毒研究所。

初步基因比对的结果显示，这是一种 "蝙蝠来源的 SARS 样冠状病毒"。

2020年1月26日晚，金银潭医院病房灯火通明。（新华社记者 肖艺九 摄）

12月29日，黄朝林通过电话向张定宇和武汉市卫生健康委做了汇报，调来了负压救护车，将湖北省中西医结合医院的9例患者全部转运至金银潭医院南七楼重症病区。这次转运一直持续到深夜。作为一家传染病医院，医护人员有很强的职业警惕性，此次转运患者，所有工作人员都采取了严格防护措施。

收治这些患者后，刚刚应对完12月初武汉暴发的冬季甲流的金银潭医院，迅速启动预案，开辟了专门的病区。

谁也没有想到，一场震惊全国、震撼世界的"武汉保卫战"就此悄然拉开了序幕。

老传染病医院碰上了新病毒

拥有近百年历史的金银潭医院是湖北省与武汉市共建的一座公共卫生医疗救治基地。

然而，面对冠状病毒他们也并无良策。好在冠状病毒只是一种病毒，而病毒性肺炎多为自限性疾病。所谓自限性疾病，就是在发展到一定程度后能自动停止，并逐渐靠自身免疫痊愈的疾病。

金银潭医院的医生们抱着新冠肺炎也是一种自限性疾病的侥幸，在没有任何特效药的情况下，迎难而上，对患者进行对症治疗和支持治疗，医生们尝试了多种抗病毒药物，然而收效甚微。

病原不明，无药可用，还可能具有很强的传染性，金银潭这座老牌的传染病医院，陷入了束手无策的境地。

做肺部 CT 后，金银潭的医生发现，与以往不同，此次患者的感染，是先到肺底，从肺的末端感染，然后是肺泡里面的感染，感染的病毒足够多以后才会到上呼吸道，到咽部，是自下而上的顺序，而非常规的从上往下。

武汉同济医院赵建平教授提及，他看放射片子的时候，发现早期这些患者，只是在肺底上面有一颗一颗的几个病毒，成毛玻璃样的改变，到后来就一片一片地往上面再感染，而后逐渐成为"白肺"。

这种白肺现象不同于以往的一些渗出性改变，主要是一些间质性改变。没有合并细菌感染的时候，患者全部是干咳，没有痰，也咳不出痰。白肺改变主要是间质的一些纤维渗出导致的一个实变的过程。

12月30日上午，患者咽拭子检测结果出来了，但全部是阴性，与基因测序的结果并不一致。张定宇跟黄朝林说："不行，我们得把所有的患者做肺泡灌洗，先进行支气管内镜检查，之后再做肺泡灌洗。"

当天，金银潭医院采集了9名患者中7名患者的肺泡灌洗液标本（因为检查是有创检查，9名患者里有2名拒绝签知情同意），并将每名患者的样本分为4份，2份分别提供给疾控部门、中科院武汉病毒研究所，2份冻存以备后续研究。这些样本为后来确定病原提供了重要基础。

金银潭医院送检的样本很快得到武汉病毒研究所的确认，诱发这种肺炎的确实是一种冠状病毒，但似乎发生了变异，是一种新型冠状病毒，而且其中4人确诊为这种新型冠状病毒感染的肺炎。

同一天，武汉市中心医院也拿到了一份不明原因肺炎病例的样本检测报告，第三方基因检测公司直接给出了SARS冠状病毒阳性的检测结果。该院医生李文亮将这一消息发到了微信群，由此开始引起了公众的注意。

感染人数上升

　　这种新型冠状病毒的传播速度比金银潭医院料想的要快很多。

　　自 12 月 30 日开始，从武汉市其他医院转诊的不明原因肺炎患者的人数开始增多，医护人员的压力日渐加大。

　　12 月 31 日，救护车一辆接着一辆呼啸着驶入金银潭医院，

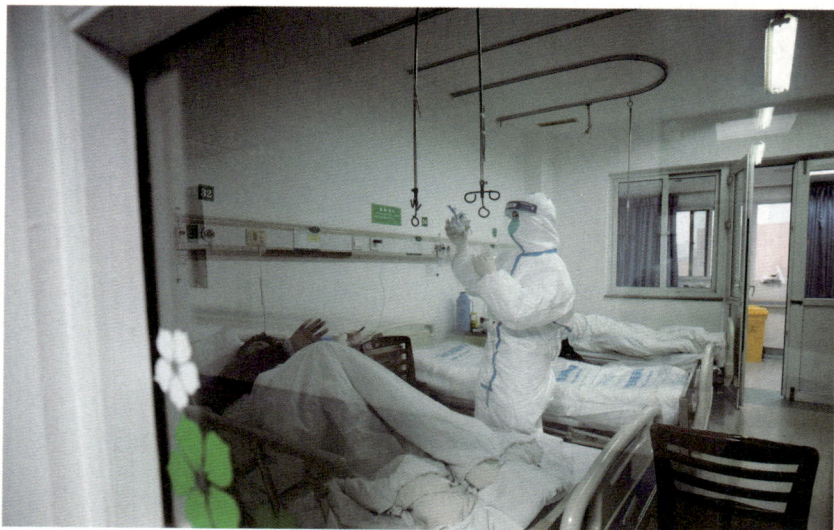

金银潭医院隔离病房，护士为患者换药。（新华社记者　肖艺九　摄）

送来有着相似症状的患者。这些患者来自武汉同济医院、武汉协和医院、武汉市中心医院、武汉市红十字会医院……金银潭医院启用了另外一层楼开始集中收治患者。

这一天，国家卫生健康委先后派出工作组、专家组赶赴武汉。在与湖北省、武汉市对接后，他们赶到金银潭医院和武汉华南海鲜批发市场实地走访。在金银潭医院 ICU 病区认真查看了患者的临床表现后，专家得出了结论——这是一种典型的病毒性肺炎。

当夜，武汉市卫生健康委的一间会议室几乎彻夜灯火通明，专家组向国家卫生健康委派驻武汉市工作组汇报临床观察意见。这次会议明确了一个最为紧要的任务：针对这种新发疾病尽快制订诊疗方案。

发布试行诊疗方案

2020 年 1 月 1 日，国家专家组与武汉当地专家再次聚集，由国家第一批专家组成员、中日友好医院副院长、呼吸与危重症医学专家曹彬教授执笔，开始起草第一版诊疗方案。

同一天，武汉华南海鲜批发市场休市整治。

1 月 3 日凌晨，《武汉不明原因的病毒性肺炎诊疗方案（试

2020 年 1 月 29 日，市民经过已经被封闭的武汉华南海鲜批发市场。（新华社记者 熊琦 摄）

行）》最终定稿，由专家组交给武汉市发布。

这两天内，金银潭医院的患者不断增多，已由开始的 9 人增加到四五十人。金银潭医院开始紧急采购呼吸机、监护仪、输液泵、体外的除颤设备还有心肺复苏设备等等。每个楼面大致按照 25 台呼吸机、25 个输液泵这样来准备。张定宇心里有些打鼓：是不是开口开太大了？准备这么多，万一没用上呢？ 实际上到了十几号以后，所有的呼吸机都用上去了，连ECMO（体外膜氧合设备）也上了。

逐步揭开新冠病毒神秘面纱

武汉病毒研究所收到金银潭医院 12 月 30 日送来的冠状病毒肺炎样本后，经过连续 72 小时攻关，于 1 月 2 日确定了新冠病毒的全基因组序列。

1 月 3 日，国家卫健委组织中国疾控中心、中国医学科学院、中科院武汉病毒所、军事医学科学院 4 家科研单位对病例样本进行实验室平行检测。经过紧急科研攻关，专家评估判定新冠病毒为武汉不明原因病毒性肺炎病原体，疫情真凶开始露出真容。

同一天，金银潭医院取消了周末休息，组织了大量人力物力开展临床资料整理工作。因为面对一个新的病种，要全面搜集资料，给专家提供研究基础。通过资料整理工作，金银潭医院的医护人员也对这个新病毒有了充分认识。

1 月 5 日，武汉市卫健委向社会通报，截至 5 日 8 时，全市共报告符合不明原因的病毒性肺炎诊断患者 59 例，其中重症患者 7 例。当日，武汉病毒研究所成功分离得到新冠病毒毒株。

1 月 8 日，武汉市卫健委晚间通报，武汉 8 名不明原因病毒性肺炎患者当日治愈出院。

据通报，8 名患者之前在武汉相关医院诊治，后集中收治在金银潭医院。经救治，已连续多日无发热、肺炎等临床表现。临床专家诊断后，认为符合出院标准，可以出院。

1月9日，武汉病毒研究所完成国家病毒资源库入库及标准化保藏。

1月10日，紧急研发的PCR核酸检测试剂运抵武汉，用于现有患者的检测确诊。两天后，这种疾病被正式命名为"新型冠状病毒感染的肺炎"。

这种病毒的传染性很强，除了前面说过的对症治疗和辅助治疗，患者必须隔离治疗。

因为具有传染性，患者没有义工，也不能有家属陪伴，一切医疗护理和生活护理，都要靠医院。金银潭医护人员的工作量一下子增加到平时的5倍。

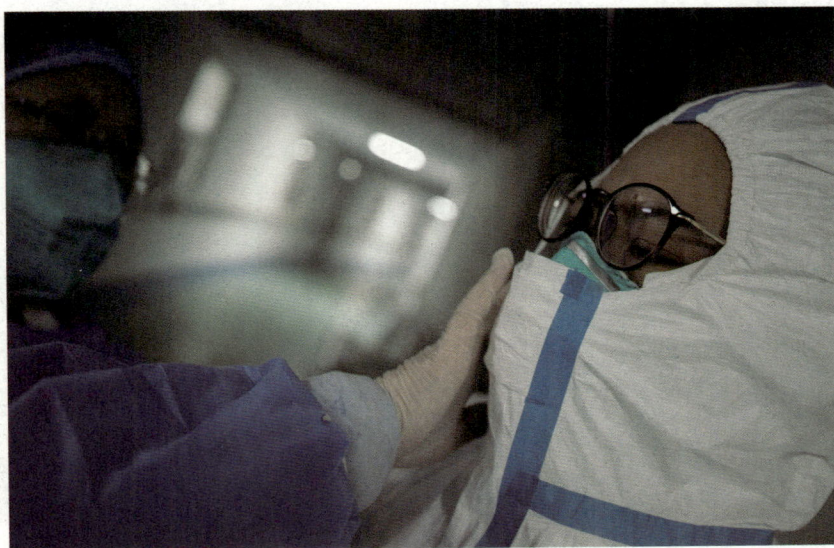

金银潭医院，护士穿好防护服准备进病房。（新华社记者　肖艺九　摄）

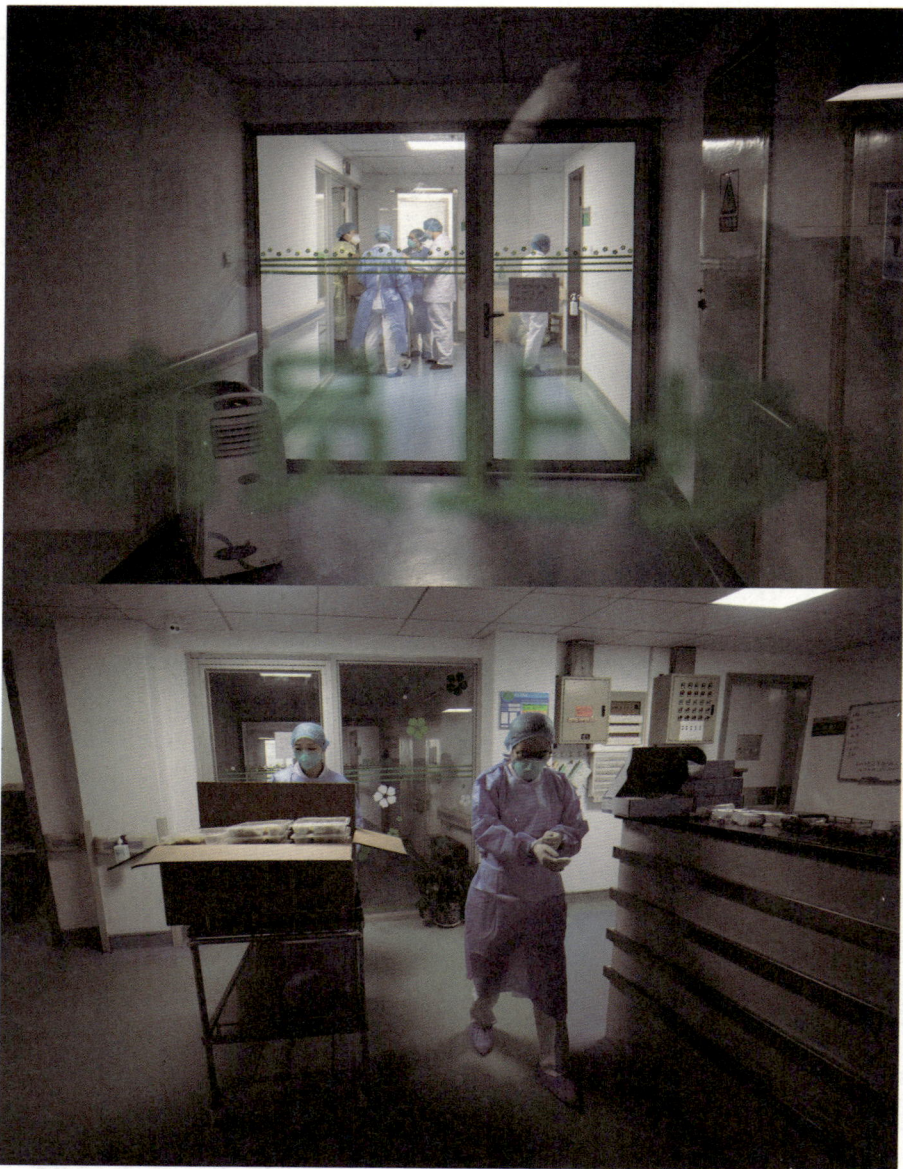

金银潭医院北楼5楼隔离病区潜在污染区，医护人员准备把患者的晚餐送进病房。
（新华社记者　肖艺九　摄）

首例死亡病例出现

1月6日，武汉小雨，天气湿冷，第一个死亡病例出现。

"我们迫切地想要了解患者的病理生理特点和疾病规律，只有在科学的指导下，才能更有效地救治患者。"在ICU病房外，国家第一批专家组成员、中日友好医院副院长、呼吸与危重症医学专家曹彬教授和金银潭医院副院长黄朝林、金银潭医院ICU主任吴文娟，与死亡患者家属沟通了近一个小时，想说服家属同意对逝者尸体进行解剖用以研究，但患者家属最终没有同意。

1月11日，金银潭医院向世界卫生组织提交了新冠病毒的病毒序列。

武汉卫健委当日发布通报：初步诊断有新型冠状病毒感染的肺炎病例41例，其中已出院2例，重症7例，死亡1例，其余患者病情稳定。

从这天开始，随着患者不断增加，病区不断增加，金银潭医院的医护人员排班已经排不过来了，几乎全天无休，疲惫不堪。

至1月中旬，金银潭医院已经收治了100多名新冠肺炎患者，有14张床位的ICU病区已无法满足危重症患者的救治需求。

前来支援的专家告诉张定宇，后续可能会有更多的重症患者转过来，要做好增设临时ICU的准备。

新冠肺炎存在"人传人"现象

1月20日下午，国家卫健委召开高级别专家组记者会，组长钟南山等专家明确表示，新冠肺炎存在"人传人"现象。

同一天，武汉市公布了61家设置发热门诊的医疗机构名单，其中武汉市金银潭医院、武汉市肺科医院、武汉市汉口医院作为中心城区新冠肺炎定点医疗机构。

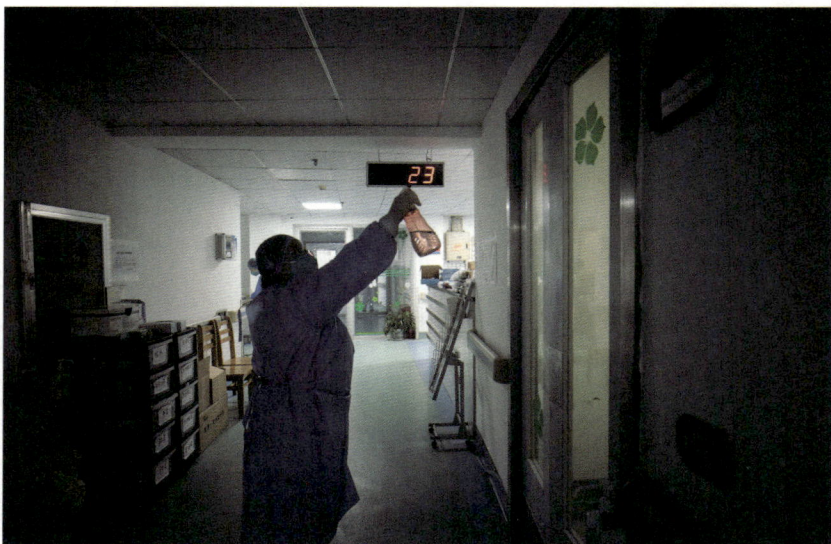

金银潭医院隔离病区走廊，护士在喷消毒液。（新华社记者　肖艺九　摄）

　　3 家定点医院共设置 800 张床位用于患者救治，其他市属医疗机构将腾出 1200 张床位收治患者。当日，武汉市公布的累计报告新冠肺炎确诊病例为 258 例。

　　金银潭医院之外，新冠肺炎作为一种新发传染病得到确认后的一段时间内，武汉市每天都有数千名患者涌入各医疗机构的发热门诊，让武汉市的不少医院几近崩溃。

　　在人们对新冠肺炎逐渐增加认识的过程中，这种极具传染性的病毒已经在武汉市悄无声息地快速传播，制造了大量病毒携带者。

孤岛求生，与"疫魔"展开"肉搏战"

在越来越多危重患者的围困中，金银潭宛若一座孤岛。

蔡艳萍是金银潭医院感染二科的副主任医师。1 月 20 日，蔡艳萍所在病区清空，接收重症患者。刚开始，蔡艳萍并不感到体力上的辛苦，"12 月份收流感也很忙的，基本上就不能休息"，更大的折磨来自精神压力。1 月上旬，她在与一位同济医院医生的通话中，得知同济医院的门诊已经涌满了发热患者，"如果门诊有那么多患者，住院的患者肯定不会少"。

然后她不断接到询问能不能来金银潭看病的电话，微信上无论朋友圈还是公众号，都充斥悲伤甚至惨烈的消息：无法出门，无法看病，无法住院……

在发布的《新型冠状病毒感染的肺炎诊疗方案（试行）》中，要求"危重病例应尽早收入 ICU 治疗"，但后续的疫情救治并没有能按照科学的指导进行，受制于当时的客观条件，武汉大量的病患因延误治疗转为危重症。

患者人数从 1 月 10 日起暴发式增长。1 月 11 日，同济医院最先抽调医院急诊与危重症科副主任钟强和另外四名医护人员，带着医疗设备支援金银潭。4 日后，湖北省卫健委要求同济医院、湖北省人民医院、协和医院，分别接管金银潭的南七楼、

2020 年 1 月 26 日，金银潭医院，脚步匆匆的医护人员。（新华社记者　肖艺九　摄）

南六楼、南五楼。

这三层楼随后全部改造成重症 ICU 病房，同时市级医院抽调人手前来支援。

1 月 19 日，湖北省人民医院提出，希望湖北省内组建专门的 ICU 重症团队支援金银潭。5 日后，国家卫健委开始抽调各地医疗力量接连进驻。

"有人来了，还来蛮多，我们真的就觉得好有依靠感了，觉得安全一些了。"蔡艳萍说。金银潭的医护人员已经做出了他们所能做的一切，但仍远不能抵御疫情蔓延。

钟强是最早在金银潭支援的专家，值班一周后，他得知与自己搭档的金银潭 ICU 主任吴文娟肺部 CT 显示感染。他回同济医院也拍了个 CT，同样显示轻微感染。

金银潭首先被指定为新冠肺炎收治医院，但金银潭的 ICU 力量薄弱，只有 5 位医生，全院的各类氧疗仪器加起来不过二十台。

国家卫健委专家组专家杜斌、童朝晖和邱海波一同查房时发现，情况比想象的还要糟糕。

查房从早上八点开始，先用一个多小时查看了一遍所有患者的病历，再换防护服进病区。

ICU 病房共有 14 个患者，如按惯例，一个医生查房根本管不过来。

14 个患者的生命体征极其不稳定，可能上一小时看着还不错，下一小时就要抢救。升压药物怎么用，呼吸机怎么调整，液体的出量入量如何平衡，需不需要引流，需不需要抗凝，每天要拍胸片、抽血查生化、做几次血气分析、做几次口腔护理等等，这需要医生对患者有透彻的了解，每时每刻都密切观察。就算在平时，救治两个 ICU 患者，就会让一个医生忙得回不了家。

现实是，当时病区里只有 3 名真正的 ICU 医生。面对 14 个患者，医生进去查房一圈，出来以后就有可能忘记其中几个患者的一些情况。

传染病房是不能带任何东西进去的，只能凭借大脑记忆。但即使记忆力卓越，医生也无力分身对每个患者都制定出足够完善的治疗方案。

　　查房结束的当天下午，3 位专家坐在金银潭 ICU 里决定，要向国家卫健委申请，再派一些专家进驻金银潭。至少一个病房增加两个专家，一个人管六七个患者，手下再有三到四个医生做临床救治。

　　金银潭将南六楼改造成的 ICU，同样也是人手不足。

　　南六楼二十多个病床，医护人员加起来约 40 人，而 ICU 的标准医护比为 0.5—1 个医生和 3 个护士对一个患者。

　　而对于有些危重症患者来说，死亡不过是一个瞬间，根本不给医生留下抢救的时间。有时候患者似乎突然被卡住了喉咙，再也喘不上最后一口气；有时医生查房结束，认为一切都好，脱下防护服时，身后一台心电监护仪上的曲线已经直了……

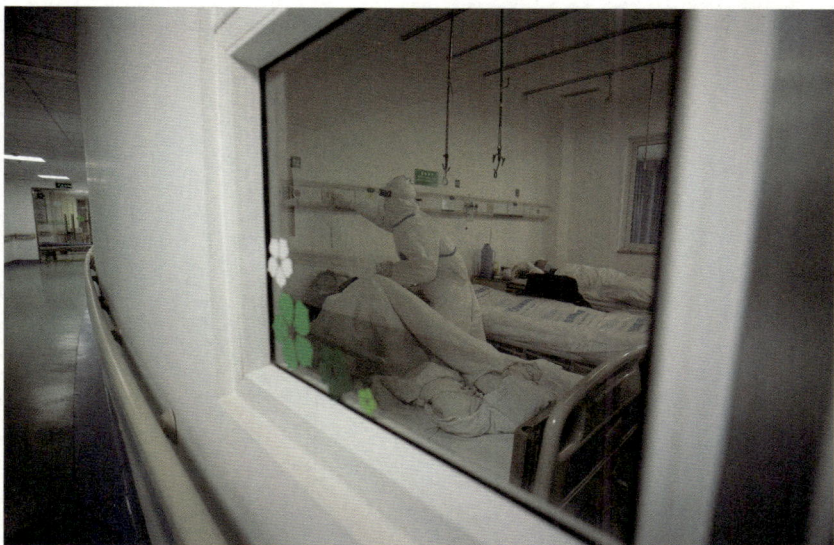

金银潭医院隔离病房，护士为患者换药。（新华社记者　肖艺九　摄）

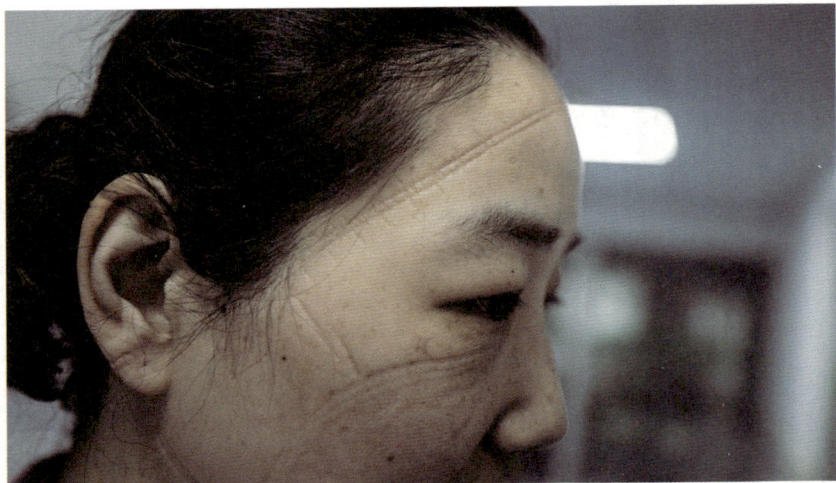

金银潭医院，走出隔离病房的护士满脸印痕。（新华社记者　肖艺九　摄）

　　可以毫不夸张地说，在全国各地医护人员进驻支援之前，武汉市率先开展的前期战"疫"，是一场没有充分准备、没有经验可循、人力与装备严重不足的与"疫魔"的"贴身肉搏战"。

封城，救治力量和医疗物资均告急

1月23日凌晨2点，武汉发布通告宣布自10时起，武汉全面进入战时状态，全市城市公交、地铁、轮渡、长途客运暂停运营，无特殊原因，市民不要离开武汉；机场、火车站离汉通道暂时关闭，恢复日期另行通告。

这是新中国成立以来，第一次对一个千万人口级别的城市进出采取最严厉的措施——封城。

传染性疾病流行（传播）的三要素：传染源、传播途径、人群的易感性。在没有查清传染源、消灭传染源的情况下，采取封城举措，切断传播途径，无疑是阻断传染性疾病流行的最佳选择。

但封城后，感染人数仍在迅速扩大。

进入一月下旬后，武汉三镇几乎所有的定点医院均已超负荷运转。集中隔离跟不上，床位储备跟不上，大量确诊轻症患者、疑似患者被要求居家隔离。事后证明，这造成了更多社区居民感染。

随着核酸检测能力逐步到位，未能收治的新冠肺炎患者越来越多，现有床位已经远远不足以应对疫情防控的需要。

随着确诊病例的急剧增加，包括金银潭医院医护人员在内

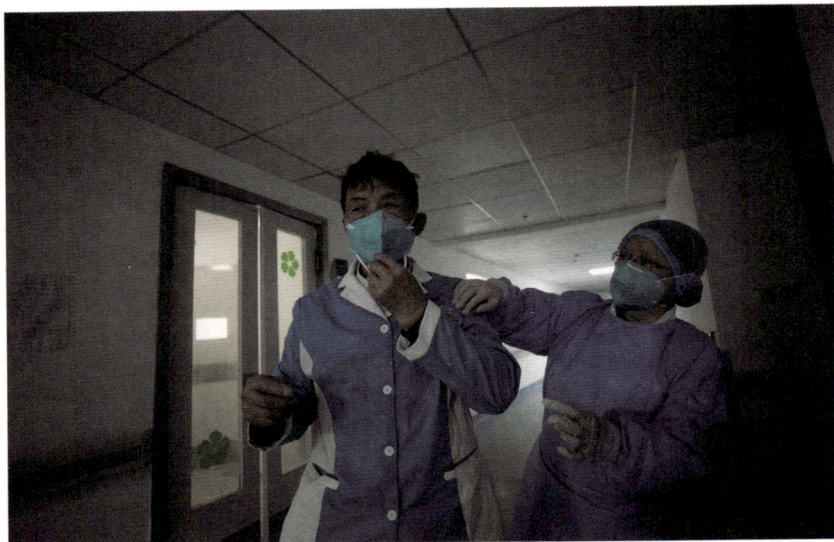

金银潭医院，刚从隔离病房出来的护工更换口罩。（新华社记者　肖艺九　摄）

的所有武汉一线医护人员都承受着精神和身体的双重高度压力。

与压力同时到来的，还有各个医院防护服、口罩等医疗物资严重短缺与告急。

竭尽全力，应收尽收

　　1月27日，国务院副总理孙春兰率中央指导组驻扎武汉，深入研究疫情，作出科学研判，围绕提高收治率、治愈率，降低感染率、病亡率的目标，不断做出疫情防控和救治工作的重大部署和决策。

　　火神山医院开建，雷神山医院开建，近50家医疗机构先后被纳入定点医院，但仍然无法收治大量的确诊患者。

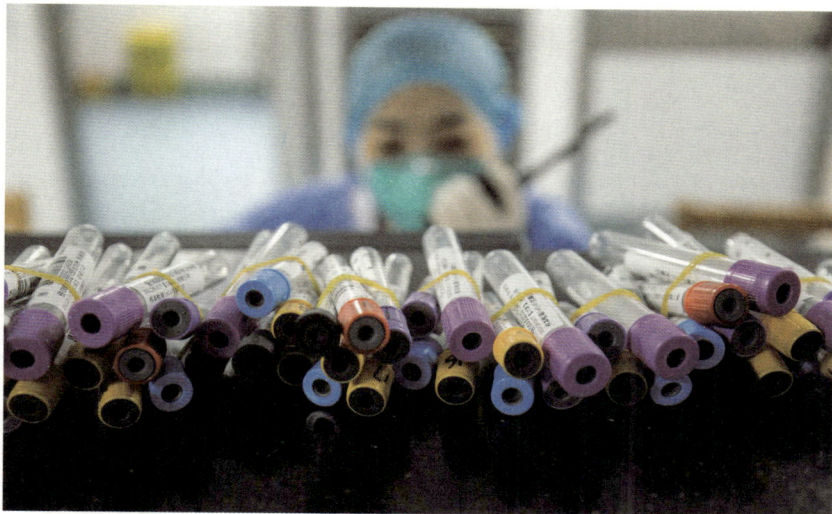

金银潭医院隔离病房护士站摆放的血液采集管。（新华社记者　肖艺九　摄）

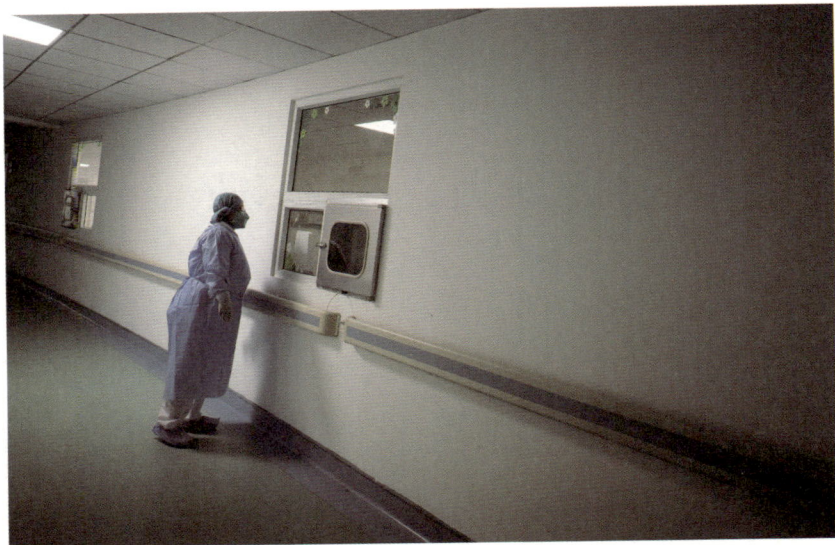

2020 年 1 月 26 日，金银潭医院北楼 5 楼隔离病房走道，护士长潘丽红透过窗口观察患者。（新华社记者 肖艺九 摄）

随后，征用体育场馆、会展中心，建设大型方舱医院，开设简易床位收治轻症患者。

当武汉市的开放床位逐渐达到数万张的时候，新冠肺炎患者"应收尽收"的目标才逐渐得以实现。

在国家、省、市医疗专家的指导下，金银潭医院积极对患者开展救治，做好医务人员的隔离防护工作。

截至 2020 年 2 月 2 日 10 时，金银潭医院在院患者 581 人，其中重症 157 人，危重 108 人。

为了应对不断增加的患者，医院总共腾退 21 个病区，全部用来收治新冠病毒感染的肺炎患者，并积极开展救治，做好医务人员的防护工作。

作为武汉市收治危重患者的重点医院，金银潭医院的病房属

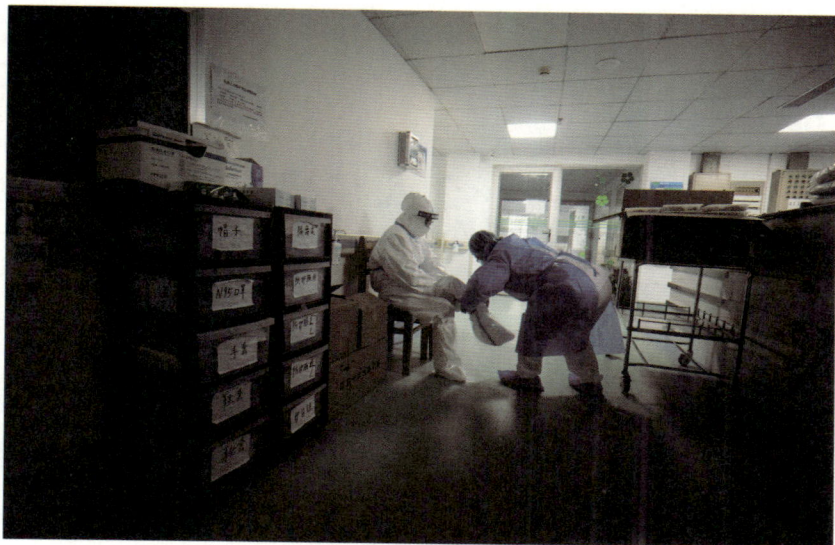

2020 年 1 月 26 日，金银潭医院北楼 5 楼隔离病区走廊，护士长潘丽红帮助同事穿戴防护服。（新华社记者　肖艺九　摄）

于无陪病房，除了正常的治疗之外，所有的生活护理均由护理人员完成，如送餐、送水、收拾生活垃圾等。对于生活不能自理的危重患者，护理人员还要喂饭、穿衣、擦拭身体、照顾大小便等。

截至 2 月 6 日，武汉市金银潭医院累计收治患者 1288 人，治愈出院 467 人，住院治疗 681 人，其中重症 238 人，危重 117 人。

医护人员防护用品，保洁、护理人员等都存在一定缺口。

在医护人员兼做保洁工作的同时，全院保洁人员缺口仍在 50 人以上。防护服、口罩等防护服理想状态是使用 1500 套以上 / 天，能保证基本运转，实际每天只能按 800 套左右供应，靠着医护人员减少进去的频次和人数来支撑。

截至 2 月 10 日，金银潭医院已累计收治 1589 人，治愈出院 605 人，在院治疗 816 人，重症 277 人，危重 129 人。

不是一个人在战斗

　　从大年夜开始，来自全国各地的医务人员开始支援武汉。

　　自中国中医科学院首支医疗队率先支援金银潭医院后，陆军军医大学医疗队、上海医疗队等一支又一支医疗队相继驰援金银潭医院，使这里迅速成为举国关注的疫情风暴中心。

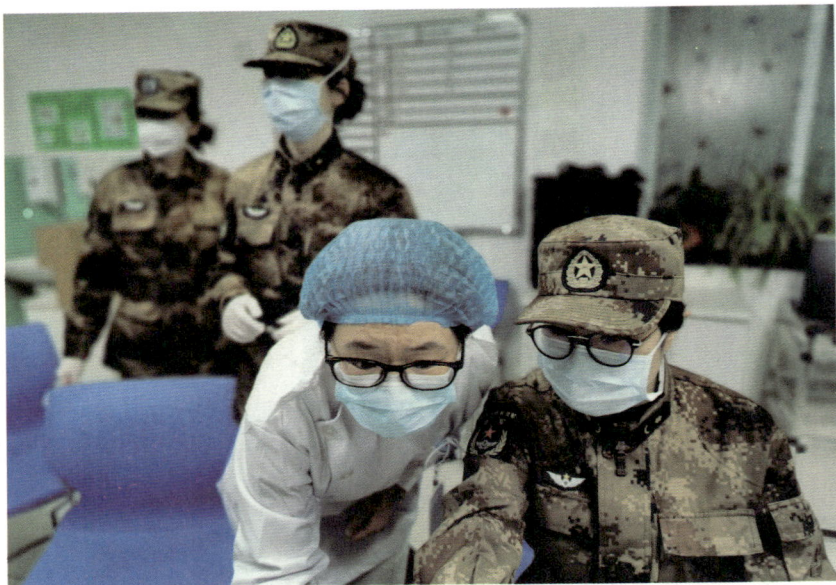

2020 年 1 月 26 日，陆军军医大学医疗队成员与金银潭医院医护人员进行工作交接。（新华社记者　黎云　摄）

全国医疗队伍的到来，明显缓解了金银潭医院的工作压力，缓解了金银潭医院医护人员紧绷的神经，让他们能够休整。

金银潭医院在职职工 830 人，拥有卫生专业技术人员 685 人，其中博士研究生 10 人，硕士研究生 50 人，副高以上专业技术人员 100 多人。

到 2 月 2 日，全国上海医疗队 136 人、福建医疗队 137 人、国家中医药管理局中国中医研究院 40 人支援金银潭医院。武汉市内还有同济医院、协和医院、湖北省人民医院等医疗机构也分别派遣医疗团队进驻金银潭医院支援。

支援金银潭医院的还有湖北省内各大医疗机构调配的 130 多名有经验的护理人员和来自上海、安徽、广东、湖南、河北等地的护理人员近 200 人。

张定宇说，在降低死亡率方面两个因素起到了积极作用：一方面，驰援武汉的国家级专家团队与各地抽调的多支医疗队为病患救治提供了许多帮助与支持；另一方面，国家卫健委等发布的《新型冠状病毒感染的肺炎诊疗方案（试行第五版）》为患者提供了更专业和规范的治疗方案。

金银潭医院设置有南五、南六、南七三个楼层 ICU 的病房。

南七病区 ICU 病房有 16 张床，南五病区、南六病区各有 24 张床，这些 ICU 病区由同济医院、协和医院和湖北省人民医院三家医院危重症医学专家团队主导临床救治工作，国家专家组的专家也参与指导临床医疗救治。

除了上述三个重症 ICU 以外，上海医疗队在北三楼病区也建立了一个 ICU 病房，四个 ICU 病房很好地缓解了金银潭医院对危重患者救治的压力。

2020 年 1 月 26 日，陆军军医大学医疗队开始进驻武汉市金银潭医院。（新华社记者　程敏　摄）

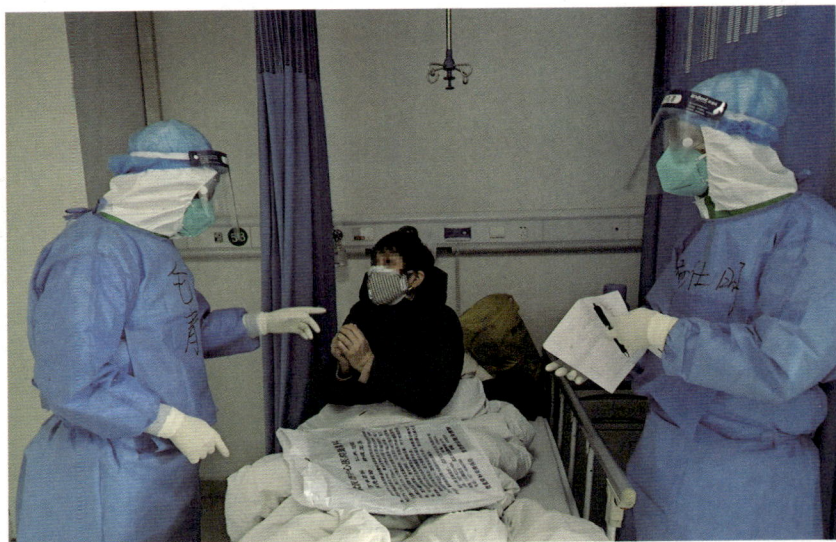

2020 年 1 月 31 日，解放军感染病防控专家毛青（左）进入金银潭医院红区病房查房。（新华社发　高涛　摄）

在配置上，每个 ICU 病区配置有将近 50 名护士、12 名医生，同时配备有呼吸机、监护设备、ECMO（体外膜氧合设备），还有床旁心电图、床旁超声、输液泵等各种设备，随时为危重患者提供各种生命支持服务。

张定宇说："我们的条件虽然很艰苦，但大家的士气很高涨，我们与各地驰援武汉的医疗队员们并肩战斗，充满信心地共同抗击这场凶顽的新冠肺炎疫情，我们从来没有感受到孤单，而是深深感受到祖国和人民对我们的关爱、鼓励和加油。"

快半拍的重要性

此次疫情中，金银潭医院全院感染 21 个人，其中有 8 个是行政人员，9 个是护士。8 个行政人员是在武汉华南海鲜批发市场感染的，之后又感染了另外三位同事。真正在病房里面被感染的，只有一个医生。另外一个医生是在检验科，因为要给患者做血常规、生化常规，开盖的时候可能会有小的气溶胶"嘭"一下悬浮在外面，由此被感染了。目前，所有的被感染的医务人员都出院了，有的已经开始工作了。

从最早收治被新冠病毒感染的患者，及时做好医护人员的防护，到提前做好病区扩充，大批量购买医疗设备，金银潭医院每一步都快了半拍。正是这半拍，让金银潭虽处于疫情的"风暴眼"，却紧张而有序，忙而不乱，最大限度地挽救了患者的生命，同时实现了医护零死亡。

"我说每次都要快半拍，是因为我自己首先心理上做好了准备，我们同事也做好了心理准备，而不是等到局势倒逼，要我们做这个决断。"张定宇认为，此次疫情会给国家的卫生管理部门以及医疗行业带来一些启示，比如灾难医学的扩充，医患矛盾的处理等等，进而会对医疗制度的改革起到一定的良性促进。

第二章

救治与研究同步开展

历史罕见的新冠肺炎疫情暴发后，国家紧急启动一系列关于新冠肺炎的应急科研攻关项目。金银潭医院攻坚克难、不辱使命，主动承担了涵盖优化临床治疗方案、抗病毒药物筛选、康复期血浆使用等多个在临床治疗中急需解决的问题攻关。

众多临床专家云集金银潭医院，在救治患者的同时，也开展了一个又一个科研项目，并在中西医结合治疗方面取得成效，为医院救死扶伤这一阵地上的阻击战找到了突破口。

克力芝用于临床研究

2月2日，湖北省召开新型冠状病毒感染的肺炎疫情防控工作新闻发布会，通报湖北省疫情防控情况。张定宇详细介绍了患者转入金银潭医院后的治疗情况——每位患者均由国家、省、市专家组指导，按照《新型冠状病毒感染的肺炎诊疗方案（试行第四版）》诊疗规范开展诊疗。根据病情给予鼻导管氧疗、高流量湿化氧疗、无创通气治疗、气管插管呼吸机辅助通气，其中部分患者还可使用 ECMO 和人工肝、人工肾等高级生命支持，并酌情给予抗病毒、抗感染、抗炎、抗休克，纠正内环境紊乱、纠正酸碱平衡失调等治疗。

在1月5、6号时，第一批国家卫健委医疗队专家、中日友好医院副院长曹彬教授就跟张定宇他们提到了克力芝（一种抗艾滋病药物），并把相关文献拿了出来。根据研究文献，在2003年SARS末期的时候，香港的袁国勇院士用克力芝治疗了一部分SARS患者，通过和历史数据对比，可以看到这个药能够抑制SARS冠状病毒。在曹彬教授的指导下，金银潭医院率先开展了克力芝用于新型冠状病毒肺炎患者的临床研究。

张定宇认为，既然两个病毒比较靠近，在没有好的对症药物之前完全可以进行尝试，并且金银潭医院作为传染病专科医院有一个先天的优势——克力芝是抗艾滋药，而金银潭医院有着全省的抗艾滋药物。

克力芝的临床研究很快展开了，用了大概五六天的时候，有科室主任反馈说药确实有效，通过对吃了药的几个患者的片子进行对比可以发现，肺的吸收要快一些，患者的病灶区全部在往吸收方面好转。

2月2号，克力芝的整个临床试验入组完成，临床试验效果是比较好的，"不能说是特效药，但是是有效药"。

经过前期198例患者对比研究，克力芝能够降低危重患者的死亡率，也能减少危重病例发生率。尤其是对早期重症患者疗效较为显著。

张定宇结合自己的亲身经历认为，克力芝在临床上确实有一定的抑制病毒复制的作用："因为我有渐冻症，在服用这类药，没有被感染，而我的妻子被感染了，我跟她有非常密切的接触。"

针对网络上炒作克力芝治疗效果，张定宇说："切忌病急乱投医，切勿导致药物滥用。克力芝本身会产生胃肠道不适、过敏、肝损害、心率减慢等不良反应，建议患者在医生指导下进行治疗。"

瑞德西韦临床试验启动

2月5日下午，科技部应急攻关"瑞德西韦治疗2019新型冠状病毒感染研究"项目在金银潭医院启动。

瑞德西韦（Remdesivir）是美国吉利德公司的在研药物，在前期的细胞和动物实验中，均显示出对SARS冠状病毒、

2020年2月5日，瑞德西韦临床试验项目负责人、中日友好医院副院长曹彬教授讲解项目内容。（新华社记者 程敏 摄）

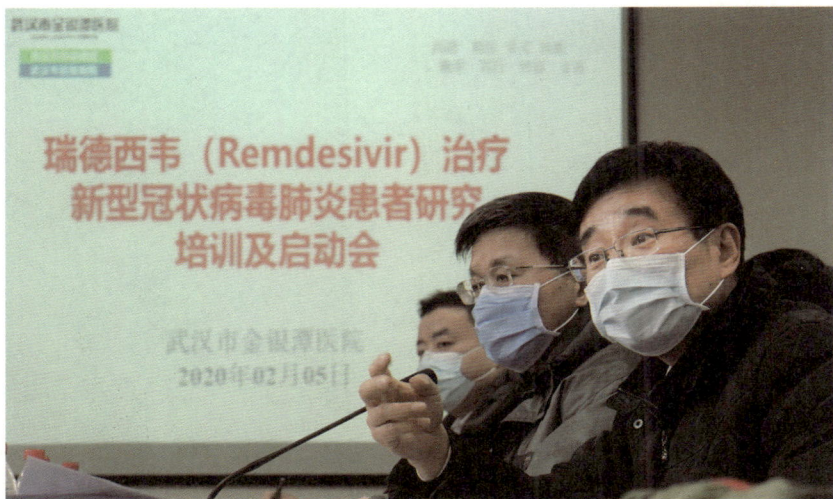

2020 年 2 月 5 日，中国工程院副院长、中国医学科学院院长王辰院士（右一）介绍项目情况。（新华社记者　程敏　摄）

MERS 冠状病毒有较好的抗病毒活性，国外已开展瑞德西韦针对埃博拉冠状病毒感染的临床试验。

新冠肺炎疫情发生后，我国学者报道瑞德西韦在细胞水平上对 2019 新型冠状病毒也有较好的活性，但在人体应用前仍需严谨的临床试验评价。

这一临床试验项目负责人、中日友好医院副院长曹彬教授介绍说，针对目前新冠病毒感染患者缺乏有效的抗病毒药物，期待瑞德西韦在临床中的表现。

中国工程院副院长、中国医学科学院院长王辰院士说："各界对这一试验有期望，但有无效果，还需要等待严格的科学试验结果。"

王辰介绍说，目前药品运输、分组编盲等前期准备工作已完成。瑞德西韦临床试验由中日友好医院、中国医学科学院药

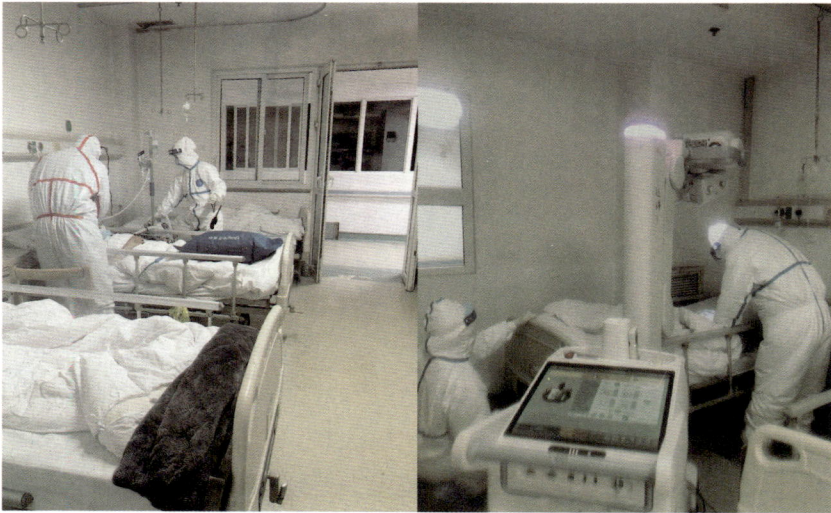

金银潭医院医护人员坚守在一线。（武汉市金银潭医院供图）

物研究所牵头，研究将在金银潭医院等多家临床一线接诊新型冠状病毒感染肺炎患者的医院中进行，拟入组761例患者，采用随机、双盲、安慰剂对照方法展开。

在科技部、国家卫健委、国家药监局等多部门支持下，抗病毒药物瑞德西韦很快完成临床试验的注册审批工作，第一批病例入组工作也已就位。

2月6日，首批新冠病毒感染的肺炎重症患者接受用药，首位用药者是金银潭医院收治的一位68岁的男性重症患者。

探索利用康复期血浆"免疫性治疗"

2月13日，张定宇在湖北省新冠肺炎疫情防控指挥部召开的第23次新闻发布会上发出呼吁："康复期患者，请伸出您的胳膊，捐献宝贵的血浆，共同拯救还在与病魔作斗争的患者。"

"康复后的患者体内有大量中和抗体，可以抵抗新型冠状病毒。"张定宇介绍说，在缺乏疫苗和特效治疗药物的前提下，采用这种特免血浆制品治疗新冠病毒感染是较为有效的方法。"康复者捐献的血浆，会经过一系列处理，得到一个相对纯化的对抗新冠病毒中和抗体，用于新冠肺炎危重患者的治疗。"

专家认为，从临床病理发生过程看，大部分新冠肺炎患者经过治疗康复后，身体内会产生针对新冠病毒的特异性抗体，可杀灭和清除病毒。

金银潭医院配合相关研究团队立即开展了康复期患者血浆的采集工作。

捐献血浆必须符合三项条件：一、年龄在18—60周岁之间；二、确诊感染过新型冠状病毒（核酸检测阳性）；三、病愈出院一周以上。

金银潭医院在门诊部二楼设立采血机构。捐献者经过电话

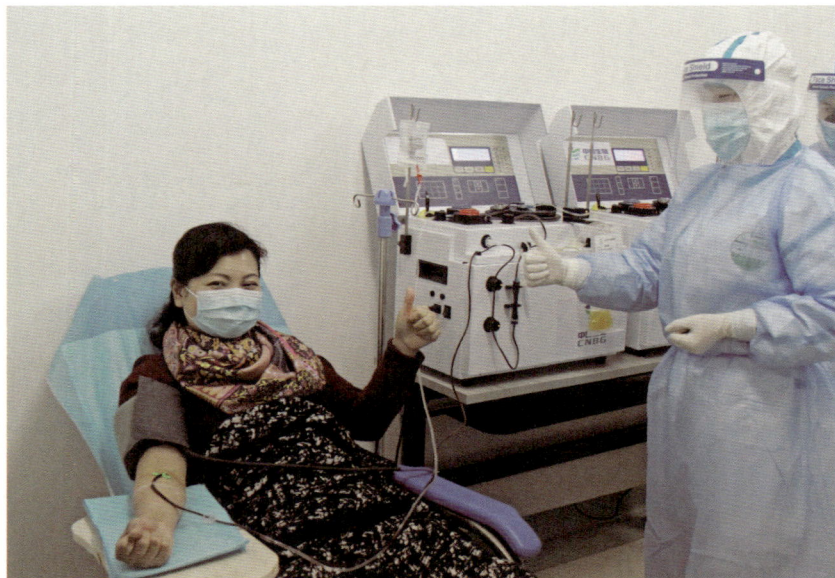

2020年2月18日，张定宇的夫人程琳来到金银潭医院，捐献了400毫升血浆。
（新华社发　武汉市金银潭医院供图）

预约到医院后，先进行身份登记并填写健康征询表及知情同意书，再进行健康状况问诊、血液检查，经最后确认后，每人采集血量在200—400毫升之间，采血完成后，向献血者发放一定数额的经济补偿。

张定宇在发布会上发出呼吁后，社会广泛关注。

2月13日晚，中国生物技术股份有限公司、武汉市血液中心乜联合向新冠肺炎康复者发出献血倡议书，并在湖北省人民医院开放爱心献血屋。

从第二天开始，就有不少康复者来电咨询，表示支持金银潭医院的这项研究。

　　金银潭医院将这一方法很快用于 4 个重症患者的治疗。

　　4 个患者的病情都有好转。从整体来看，患者自我感觉喘气等症状减缓了，精神状态、食欲都有提升；从指标上看，血氧饱和度比以前稳定些，淋巴细胞的绝对值也得到了提升。

　　"这类指标对患者康复是很重要的参考。"但张定宇提醒说，采用特免血浆制品治疗的方式并不是"灵丹妙药"，最终战胜病魔更多的还是要靠患者自身的免疫力。这种治疗主要是给患者一个喘息的机会，使病情往好的方向发展，同时也给医生抢救危重患者赢得更多的时间。

　　已于 1 月 29 日康复出院的张定宇的夫人程琳，也来到金银潭医院捐献了 400 毫升血浆。

首例遗体解剖完成并送检

对于一种致人死亡的新型疾病，遗体解剖对掌握其病理意义重大。解剖新冠肺炎死亡者遗体，对于探索新冠肺炎患者临床的病理改变、疾病机制等有重大帮助，能从根本上探究新冠肺炎的致病性、致死性，给临床抢救和治疗危重症患者提供依据。

实际上，新冠肺炎疫情暴发后的一个多月里，有关方面一直呼吁对死亡病例进行病理解剖。但由于新冠肺炎属烈性传染病，解剖风险过高，加上国内少有针对甲级传染病、达到 P3级生物实验室标准的病理解剖实验室，使得相关工作迟迟难以落实。

国际上根据生物安全的防护等级将生物实验室分为四级：P1、P2、P3 和 P4 实验室。P 是 Protection 的缩写，其中 1 级的防护级别最低，4 级最高。

在国家法律政策允许下，并征得患者家属同意，2 月 15 日深夜，华中科技大学同济医学院法医病理学专家来到金银潭医院，在金银潭的医护人员配合下，开始了全国第一例新冠肺炎遗体解剖工作。

由于整个湖北都没有专门的负压解剖室，金银潭医院临时腾出一间负压手术室用来做解剖工作。

解剖从 16 日凌晨 1 点开始，4 点结束，休息两个小时后展开讨论；上午 11 点，第二例病理解剖工作敲定，下午 4 点开始，6 点半结束……不到 18 个小时，即完成两例病理解剖，并于当日送检。

首战告捷，随后的几例遗体解剖工作开展得也是格外顺利：2 月 17 日下午 5 点，第三例病理解剖；紧接着，第四例……2 月 22 日，是解剖团队最为忙碌的一天，"24 小时之内做了五例解剖"。

中医武汉抗疫临床发挥重要作用

2月3日，武汉市金银潭医院首批以中医药或中西医结合方式治愈的新型冠状病毒感染的肺炎患者出院。

这批出院的患者共有8名，包括6名女性、2名男性，其中重症6例、轻症2例，最大年龄68岁，最小年龄26岁。中医中药参与治疗后，患者呼吸困难、乏力、口干口苦、胸闷、腹泻等症状明显改善，精神状态也明显好转。

1月28日，国家中医药管理局应对新型冠状病毒感染的肺炎联防联控工作专家组组长、中国工程院院士黄璐琦带领北京西苑医院和广安门医院医疗团队支援武汉市金银潭医院，对这批患者采用中西医结合、辨证治疗。出院时，金银潭医院赠送了每位患者2周用量的中药调理药剂，并嘱咐他们适当增强运动、合理饮食，以加速身体恢复。

3月2日，新华社播发记者廖君、黎昌政在武汉抗击疫情第一线采写的报道，称中医经验方在减轻发热咳嗽症状、控制病情进展、提升人体免疫力方面有独特优势。

报道说，新冠肺炎疫情发生后，全国中医药系统医疗队员3350人、5支国家中医医疗队739名医务人员驰援武汉，进驻武汉市金银潭医院、湖北省中西医结合医院、雷神山医院救治患者，同时在武汉市江夏区整建制托管大花山方舱医院，收治患者 416 人，开展中医药特色救治。

　　"中医药早期介入干预，稳定人心，减少新发患者，从源头上防控疫情蔓延发挥了作用。"湖北省卫健委中医综合处负责人介绍说，仅武汉市面向集中隔离观察点隔离人员和有需求的居家密切接触者，发放中药汤剂近 32.1 万人份，发放中成药 24.8 万人份，隔离人员基本做到中药应服尽服。

　　湖北还以方舱医院为重点，推动中医药全面参与治疗。16 个方舱医院累计收治病例 11740 人，同步配送中药汤剂和金花清感胶囊等 4 种中成药，中药使用率 99.93%。在 14 家定点医

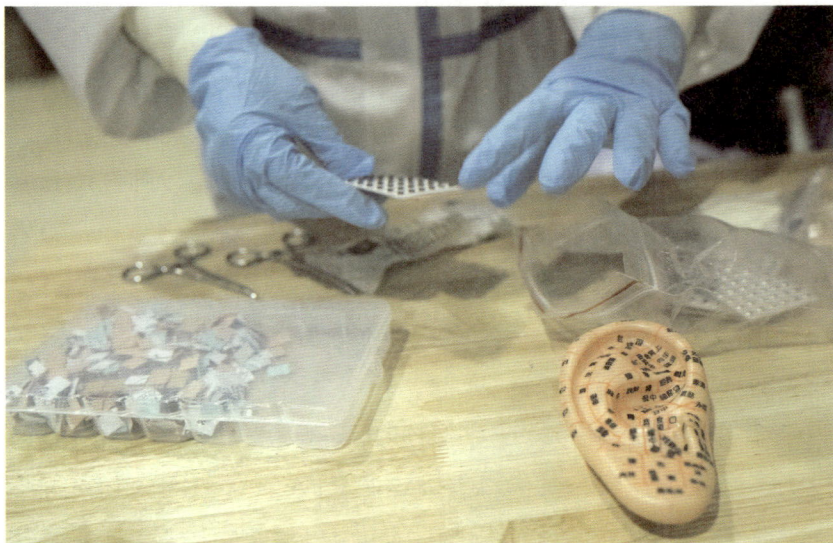

　　2020 年 2 月 25 日，在江夏方舱医院，湖南中医药大学第一附属医院护士长涂丽准备为新冠肺炎患者实施中医耳穴压豆治疗。武汉江夏方舱是武汉首个以中医院运转模式来进行临床治疗、管理的方舱医院。医疗团队由来自多个省份中医院的数百名医护人员组成。（新华社记者　沈伯韩　摄）

疗机构的重症、危重症患者中，也强化中医药全程参与。

1月25日，61岁的钱先生因持续高热、呼吸困难被送到湖北省中医院光谷院区急诊科，随后确诊为新冠肺炎，由于基础疾病多，病情发展快，曾先后两次被宣告病危。

钱先生后经湖北省中医院急诊科主任李刚副教授团队进行十多天中西医结合治疗和调理，于2月17日康复出院。

李刚说："中医药治疗贯穿钱先生治疗全病程。根据不同病程，开具'肺炎2号''肺炎3号''肺炎4号'和'肺炎5号'方。他能转危为安，中医药发挥了重要作用。"

68岁的重症患者霍先生与钱先生同一天出院。两人病程发展有所不同，治疗过程中，中药使用也略有差异。

霍先生入院后，是先采用抗感染的西药，控制炎症反应，再用中药对症调理的。

湖北省中医院肺病五科负责人冯毅说，中医药参与治疗，能促进肺部病灶吸收，减少甚至解决肺组织损伤、肺纤维化等并发症和后遗症。目前，随访出院患者，均反馈病情稳定且在逐步康复中。

相关统计数据显示，湖北确诊病例中医药使用率为88.93%。截至2月28日24时，全省43家定点中医医院累计收治确诊病例7246人，中医药使用率为97.71%，患者发烧、乏力、咳嗽等症状和影像学表现均明显改善。

张伯礼等3位院士领导的团队，在武汉临床研究初步结果也表明，中西医结合总体疗效，明显优于单纯西药治疗。

中西医协同作战成效显著

金银潭医院是最早尝试中西医结合抢救重症患者和治疗轻症患者的医院。

1月25日，大年初一，国家中医药局组织中国中医科学院广安门医院、中国中医科学院西苑医院中医专家组成25人的医疗队，赶赴湖北省武汉市新型冠状病毒感染的肺炎防疫一线参与防治工作。

医疗队由国家中医药局副局长闫树江带队，中国中医科学院院长黄璐琦院士领队，广安门医院和西苑医院各派出呼吸科、急诊科、ICU等科室的6名医师和4名护士，携N95口罩、手术衣以及部分中药等物资，乘火车前往武汉，提供中医医疗援助。

此前，由中国科学院院士、中国中医科学院首席研究员仝小林，广东省中医院副院长张忠德，中国中医科学院西苑医院呼吸科主任苗青，首都医科大学附属北京中医医院呼吸科主任兼肺病研究室主任王玉光组成的高级别中医专家组已经抵达武汉。

出发前，黄璐琦就做了充足准备：研读疫情有关报道和科研文章，分析非典期间中医药发挥的优势和特色，梳理治疗方案；组建医疗队，培训呼吸科、急诊科、ICU 等科室的医务人员；协调沟通武汉医务人员，了解武汉情况，准备防护物资。

金银潭医院是抗疫的最前沿和主战场之一。在该院坚持中西医结合，推动中医药全面参与治疗，搭建一个中医药的保障平台，积极完善中西医结合诊疗方案，对于抗击疫情有着重要作用。

1 月 29 日，经过连续几天病区布局、人员调配、药品保障等准备，国家中医医疗队接管金银潭南一区。这也是疫情发生后第一个接管重病区的中医医疗队。

针对医院中药药品不足的现状，医疗队迅速搭建中药供应保障平台，保证医院药品供应。

"接管病区奠定了中医药防控新型冠状病毒肺炎的基础"，黄璐琦说，当时医疗队主管的 32 张病床开辟了中医药防控新冠肺炎的战场，使中医药能够与西医同台合作。

病区第一批患者服用中药，第二天就有患者反映：睡眠好转，咳喘、乏力症状减轻。

"寻找中医药疗效的高级别循证证据，有利于优化临床方案并加以推广，提高临床救治率。"黄璐琦介绍说，在医疗队接管金银潭医院病区的同时，中国中医科学院后方科研攻关组也同步成立，配合武汉前方进行临床数据分析，优化治疗方案。科研攻关组紧急设计开发了供医护人员使用的症状信息和舌诊图像采集程序，以及针对方舱医院的患者自述症状采集系统，为全面开展临床研究提供了技术支撑。

金银潭 8 名患者经中西医结合治疗，2 月 3 日病愈出院后不久，张定宇找到黄璐琦和苗青商量，希望在全院进行中西医结合治疗。

2月14日晚，湖北省新型冠状病毒肺炎疫情防控工作指挥部召开第24场新闻发布会，介绍中医药参与湖北省疫情防控有关情况。

黄璐琦在发布会上介绍说，截至2月14日，中国中医科学院医疗队在金银潭医院负责的床位42张，共收治患者86例，其中重症65例，危重21例，目前治愈的有33人。

他说："我们把出院的患者进行统计对比，中西医结合在核酸转阴的时间上比纯西药效果显著，在降低发热、咳嗽、乏力、食欲减退、心慌等十个症状上比西医组的改善也更明显，对淋巴细胞中性粒细胞的改善也更明显，且中西医结合的平均住院时间小于西医治疗时间。"

2020年2月25日，在武汉江夏方舱医院，湖南中医药大学第一附属医院医护人员易琴（前）带领新冠肺炎患者习练八段锦。（新华社记者 沈伯韩 摄）

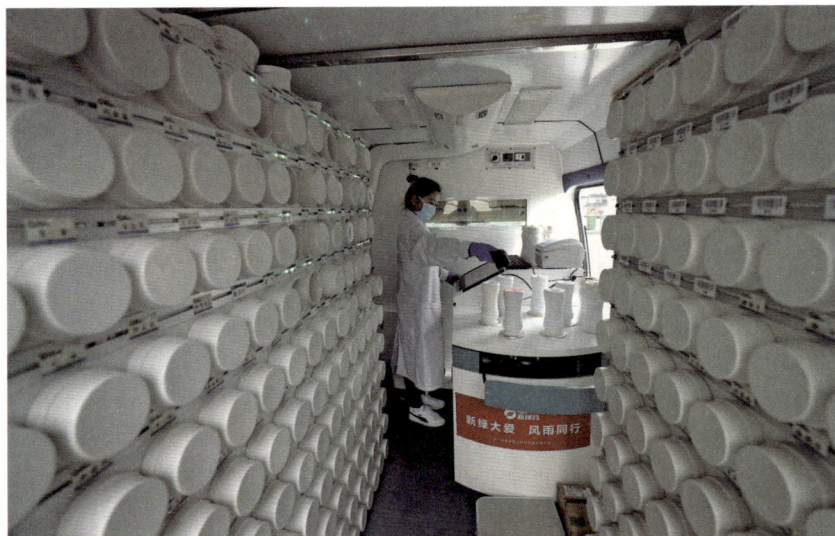

2020年2月26日，在武汉江夏方舱医院院内的"流动应急智能中药房"里，工作人员吴志婷把盛有药方中包含的单味药的药瓶取下来后，逐一扫描确认，准备制药。（新华社记者　沈伯韩　摄）

3月4日，在发布的最新版诊疗方案中，由黄璐琦及团队根据临床不断优化的"化湿败毒方"被列入新冠肺炎重型患者推荐用药处方。

"临床疗效才是评价中医药优势的金标准。"黄璐琦介绍说，截至3月4日，他们这一团队共收治新冠肺炎患者121例，其中中医辨证纯中药治疗出院41例、中西医结合治疗出院32例。所收治新冠肺炎重症患者的病情好转率达到83.61%。

截至3月上旬，中国中医科学院，北京中医药大学和天津、江苏、河南、湖南、陕西等地中医院抽调3300多名医务人员，组成多支国家医疗队驰援湖北和武汉，分别进驻金银潭医院、湖北省中西医结合医院、雷神山医院等重点院区，接管部分方

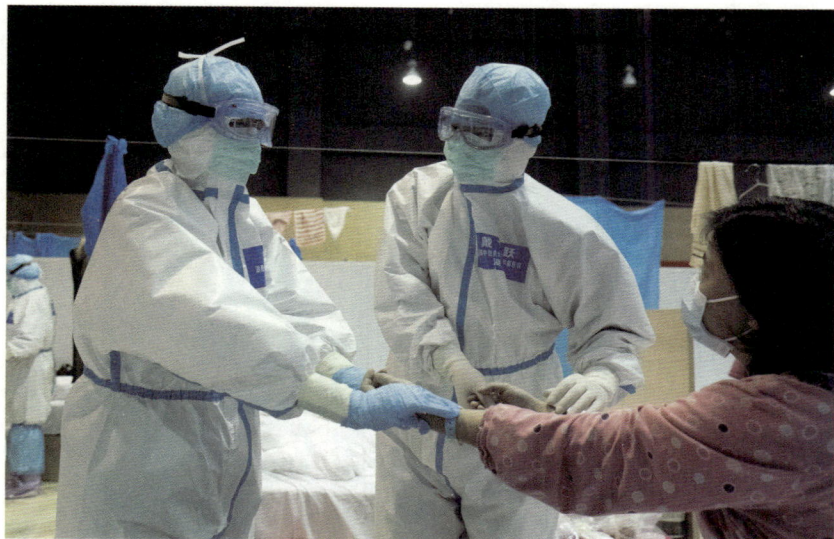

2020 年 2 月 25 日，在武汉江夏方舱医院，湖南中医药大学第一附属医院副院长、江夏方舱医院副院长朱莹（左）和湖南中医药大学第一附属医院医生戴飞跃（中）为一名新冠肺炎患者号脉。（新华社记者　沈伯韩　摄）

舱医院。

　　金银潭医院等几家重点医院中西医结合治疗的成功经验，很快在武汉推广开来。截至 2 月 28 日，武汉已开放的 16 家方舱医院收治的 7600 多位患者基本做到中医治疗全覆盖；湖北地区中医药参与救治确诊病例 57910 例，其中治愈出院 21193 例。

延伸阅读：

一位医生的确诊和治疗康复之路

从一名医生，到一名新冠肺炎患者，对左东波来说，不过是两天时间。

左东波，38岁，武汉东西湖第二人民医院的一名骨科医生。2020年1月初，他在工作岗位上感染新冠肺炎。

"因为在门诊上班，遇到的患者比较多，也有医生出现发烧。我没有太在意，口服了奥司他韦，但是效果不好。"左东波回应说。

出现症状后，病情发展之快，是左东波所没有预料到的。

1月7号，他开始严重发烧，咳嗽更加厉害。他自行打了吊针，都是门诊上自己开的方子，主要是头孢等药物。当天，左东波做了一个胸部CT，胸部CT显示肺部有轻度感染。

"一直熬到了1月9号。9号上午我在上班，当时就已经高烧到39度多。"

左东波有种不好的预感，直觉告诉他，这不是简单的感冒。

"我从来没有过这样糟糕的感觉。自己平时身体状况很好，喜欢游泳，连药都没买过。"1月9号，他在化验的时候加做了一个查血，随后又去做了一次CT。

这次他有点被吓到了：和之前的CT相比，肺部毛玻璃更加明显，而且双肺都有毛玻璃。

发现病情加重之后，左东波直接住到了东西湖区人民医院感染科，因为这个医院和他所在的东西湖区第二人民医院对口。科室的刘主任跟他是好朋友。

住院后，左东波一直备受煎熬，"从东西湖区人民医院转院时，感觉自己都快不行了。有一种濒死感，就像人淹到水里面一样，一脱离高压氧，根本没办法呼吸。"

从 1 月 9 日入住东西湖人民医院本部，到 1 月 16 日下午转到金银潭医院重症监护室，左东波经历了人生最难熬的一周。

从东西湖到金银潭，救护车载着左东波驶向生的希望。

当他再次醒来时，发现自己已经在金银潭医院了，"我很庆幸，多亏了我妹妹和妹夫，替我做了一个很重要的决定——转到金银潭医院。"

刚转到金银潭医院，左东波话也说不出来。慢慢地恢复意识后，他的第一个感受是，这里的护士对待每个患者都如同自己家人。危重患者治疗要求不能脱氧，只能在床上大小便。年纪大的患者，翻身时需要几个护士一起做。身为同行和患者，左东波对于护士们的付出第一次感受得如此深入。

同病房有四个重症患者，左东波眼看着他们一个个地离去，心里很不是滋味。在转入轻症病房前，左东波主动提议和护理他的上海支援湖北医疗队队员、复旦大学附属金山医院神经外科重症监护室主管护师张文英合影留念，互相加油鼓劲。

1 月 31 号，因不需要高流量给氧，左东波转到了普通病房。

在普通病房，左东波经常跟护士们交流防护方面的问题，叮嘱他们多注意穿脱细节。"因为穿着防护服，我其实记不住他们的长相，但确实很感激。"

从金银潭出院后，左东波进行了 14 天的隔离观察。隔离观察期结束后，左东波又奔赴抗疫战场。

（李杰）

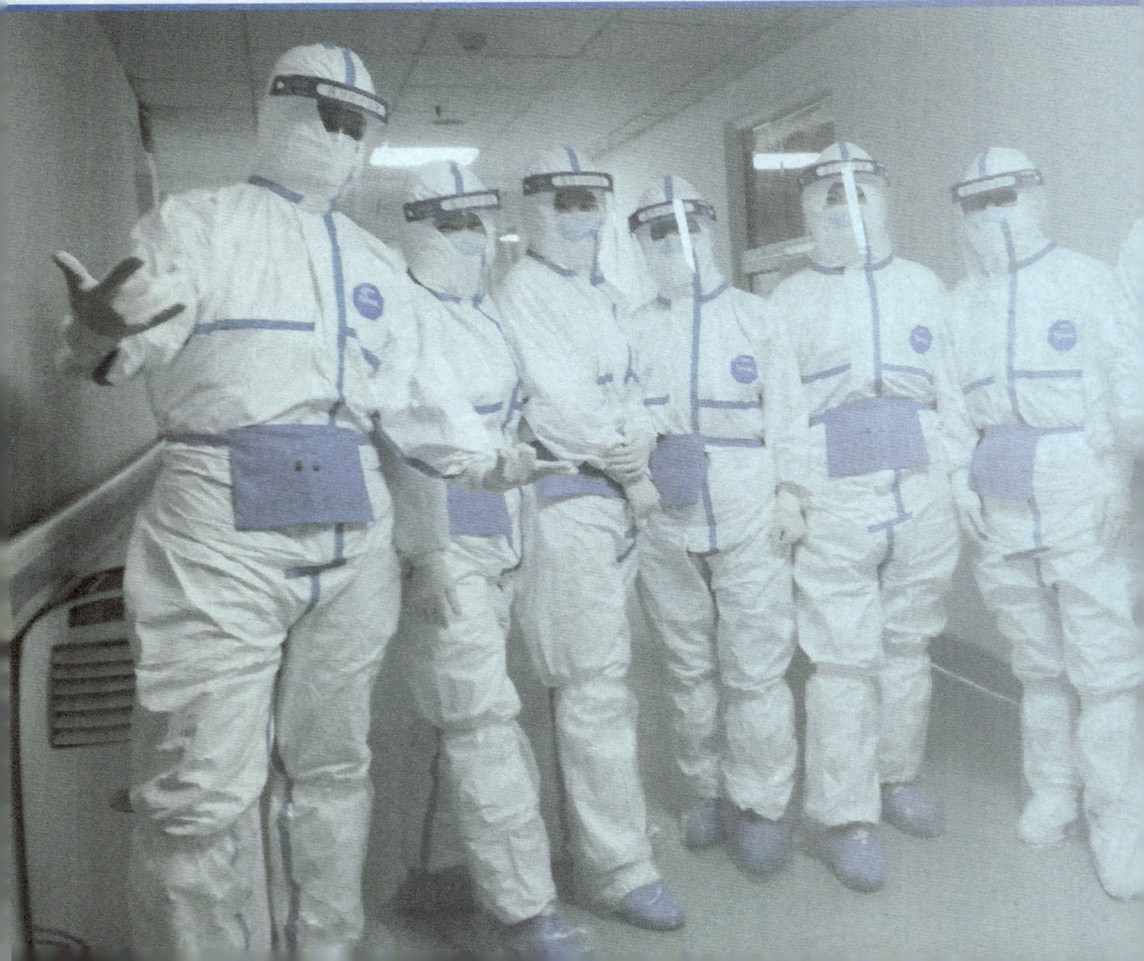

坚守阵地的金银潭战士们

白衣作战袍，鏖战金银潭。

金银潭医院作为抗击新冠肺炎疫情之战的风暴眼中心，可以说是战争最激烈的地方。医院所有在职干部职工坚守阵地，毫不退缩，与疫魔展开鏖战。

院长张定宇是这一片战场的主心骨。在他的身后，是亲密无间的战友——"以身试药"的副院长黄朝林、为前线战士输送弹药的医院药师们、"生命摆渡人"120团队、医院南二病区楼道和病房中进进出出的白衣天使、为所有医护人员和患者守着"一盏灯"的后勤员工、争分夺秒寻找病毒"解药"的医院GCP机构、比任何人都更接近病毒的检验科员工……

拼渐冻生命　与疫魔竞速

——记疫情"风暴眼"中武汉金银潭医院院长张定宇

生命，有起点，也会有终点。张定宇——武汉抗疫一线一位医护人员，似乎在按倒计时的方式与生命和时间进行着搏斗。

手里接打着一个又一个几乎不间断的电话，脚下步子也不停，还不忘对身边人发出一个又一个清晰的指令……

这，是武汉市金银潭医院院长张定宇给人的第一印象。

金银潭，老武汉人都未必熟悉的一家传染病专科医院，这些天频繁见诸媒体。这里，是最早集中收治不明肺炎患者的医院，是这场全民抗"疫"之战最早打响的地方。

张定宇在这场与病毒赛跑、与死神竞速的战事中，已经战斗了33天。而他自己，也在同"渐冻症"进行着顽强斗争。

个性"粗糙"的院长："幸亏靠了他的暴脾气和果断！"

2019年12月29日，武汉，雾，多云。

武汉华南海鲜批发市场首批不明肺炎患者转入位于武汉三环外的金银潭医院。

"当时不少医疗机构也陆续出现不明原因肺炎患者，绝对不能大意。"多年从事传染病防治，职业敏感让张定宇第一时间判断，这不是普通的传染病。

果断决策：他将这些患者迅速集中到隔离病房，穿上防护服，进隔离区查看症状，分析研判。

隆冬，一股寒意向张定宇袭来，情况比他想象的要糟。

12月30日一早，他再度决策：紧急布置腾退病房，抽调更多医疗力量，新开两个病区，转入80多名患者，完成清洁消毒，设备物资人员调配……

平时少有人知晓的金银潭，拌和着空气中浓浓消毒水味的，还有凝重紧张的气氛。

人类与重大疾病斗争史上，未知和恐惧，从来都如影随形；清醒和果敢，也愈加珍贵地相生相伴。

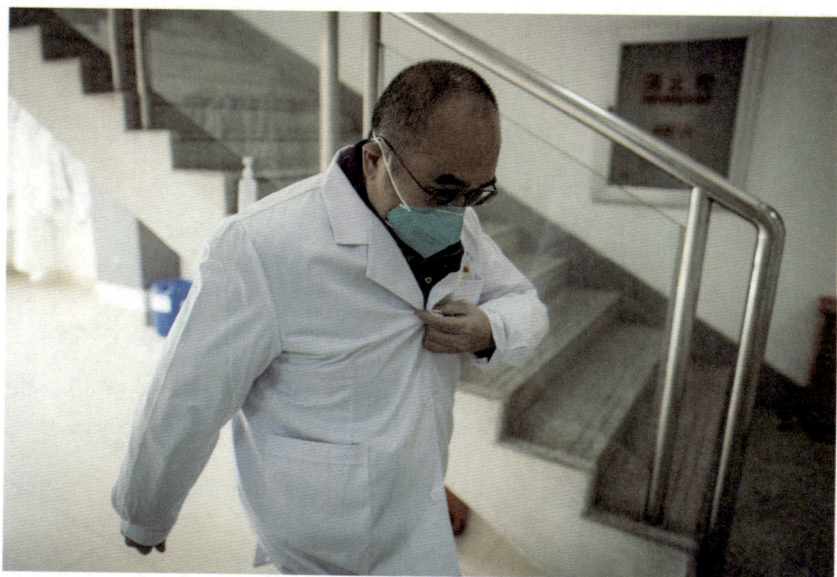

2020年1月29日，武汉市金银潭医院院长张定宇回到医院后马上换装投入工作。（新华社记者　肖艺九　摄）

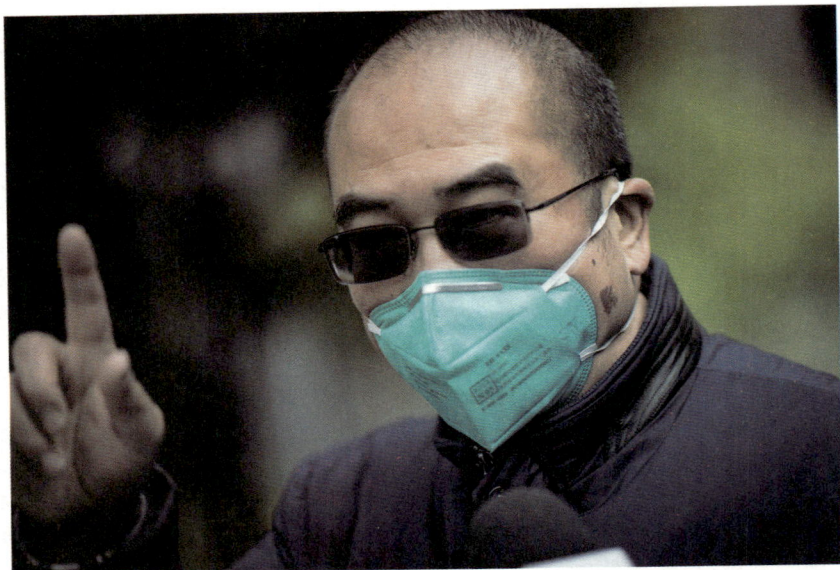

2020年1月29日，武汉金银潭医院院长张定宇接受新华社记者采访。（新华社记者　肖艺九　摄）

之后的日子，时钟的钟摆对金银潭、对张定宇、对已知和未知的所有，似乎都踏上了加速度的轨道。

不断有新患者转入，相当于医院要不断"换水"，任何一丝不细致都会弄出乱子。

早上7点半，往往换班的医护人员还没到，张定宇就已经到了。"今天收了多少患者？""多少出院？"他每次问，都要回答者脱口而出说出精确数字。"收患者、转患者、管患者，按道理有些事他可以不管，但他都会到现场亲自过问。"南三病区主任张丽说。

张丽2003年曾参与过抗击非典，对传染病防治是见过大场面的。搁平时，这位资深传染病医生，见了张定宇却多少会躲着走。"脾气粗糙，你和他说话都不许插嘴"，张丽说。

张丽没想到的是，这次不仅是"粗糙"，更是躲不过去的"折磨"。"任务布置急、要求高，事无巨细，骂起人来都不留情面。"

被"折磨"的张丽在这次危机中却感觉到张定宇"粗糙"脾气下的细致。"幸亏靠了他的暴脾气和果断。有困难找他，总会有办法。现在看到他的身影，有种踏实的感觉。"

1月8日，国家卫健委公布，初步确认"新型冠状病毒"为此次疫情的病原。

武汉，九省通衢，有1100万人口。几乎一夜间，成为一场波及全球疫情的"风暴眼"。

"风暴眼"中："有他在，医护人员、患者、家属心里都有底。"

疫情袭来，冲击着每一个人。坚毅，能不能战胜恐慌？

武汉，紧张中蕴含着不安和骚动。金银潭医院病区内，呼叫医务服务的铃声此起彼伏，与病楼外疏落的人影形成强烈的反差。

"风暴眼"中，张定宇走着、说着。

对患者，他是一种语气。

"您家莫急莫急，我马上安排人出来接。"

对下级，他是另一种态度。

"搞快点，搞快点，这个事情一点都等不得，马上就搞。"

严厉，但是镇定。

张定宇告诉大家：对呼吸道传染病不必过于恐慌，按要求做好防护就没危险。"我们要胆大心细！有什么责任有我担着。"

他身后，从一个病区，到一栋楼，到三栋楼；护士从两小时交接班一次，延长到四五个小时一次；医生更是恨不得把一个人掰成两个人来用……

"去年 12 月 29 日到现在，他没休过一天，只有两个晚上离开医院稍微早些。"金银潭医院党委书记王先广说。给他留下深刻印象的还有这位搭档蹒跚的身影。

越来越多的同事发现，一向脚步如风的院长下楼梯脚步越来越慢。面对越来越多人的追问，张定宇终于承认："我得了渐冻症，两年前就犯病了，下楼吃力，更怕摔倒。"

渐冻症是一种罕见病症，慢慢会进展为全身肌肉萎缩和吞咽困难，直至呼吸衰竭。"我特别怕下楼，必须扶着。平时，我下楼都会抓住我爱人。"

"多少次问他，都说膝关节动过手术。"感染科主任文丹宁说。直至这次，她和其他同事才回过神来，"为什么他脚步高低不平，上下楼一定要抓紧扶手，慢慢挪。"

北七病区护士长贾春敏却不承认。"他明明走得好快！"1月21日晚腾退完病房后，正等待转入新患者，贾春敏就接到张定宇电话："五分钟到北7楼，看新病区还差些什么？"

放下电话，贾春敏赶着拉上装物资的小推车一路小跑。"他从办公室到北7楼比我远，等我到的时候，他已经在那儿了。"贾春敏说，"平时他老跟不上我们，但他拼的时候，我们跟不上他。"

"有他在，医护人员、患者、家属心里都有底。"文丹宁说。

2020 年 1 月 29 日，武汉金银潭医院院长张定宇在疫情有关会议结束之后赶回医院。（新华社记者 肖艺九 摄）

33 天和 30 分钟："没说太多话，都很疲惫，只是离开时叮嘱了下：保重。"

慢和快，在张定宇身上，在疫情发生后，组成奇妙的复合体。

清早 6 点钟起床、次日凌晨 1 点左右睡觉，不知不觉成了常态。好几个夜晚，张定宇凌晨 2 点刚躺下，4 点就被手机叫醒。

情和痛，也不知从什么地方会来个突然袭击。

金银潭医院收治首批患者 22 天后，张定宇得到消息：在武汉另一家医院工作的妻子，在工作中被感染新型冠状病毒，住进相隔十多公里的另一家医院。

妻子入院三天后，晚上 11 点多，张定宇赶紧跑去探望，却只待了不到半小时。"没说太多话，都很疲惫，只是离开时叮嘱了下：保重。"采访时，张定宇不愿多回忆那宝贵的 30 分钟。

"实在是没时间。我很内疚，我也许是个好医生，但不是个好丈夫。"眼前这位五大三粗，和普通人眼中医生形象很不匹配的硬汉，眼圈忽然红了。"我们结婚 28 年了，刚开始两天她状态不好，我就怕她扛不过去。"

不能完全停下来，也不能时时刻刻在动。张定宇的渐冻病需要比别人更好掌握这个度。

几乎没时间去看患病的妻子，却又搁不下、放不了挂念，没法想象张定宇心里怎么过的这道坎。

一个多月，夜以继日，张定宇病了。躺在床上输液时，手里仍拿着各种材料数据了解患者情况、重症人数、救治进展，布置各项工作……刚刚好一点，只要可能，张定宇都会再穿上被称为"猴服"的防护服，从患者通道走到隔离病房，走到重症室查房。

"穿着防护服，走路都能听到呼吸、心跳，出来前心后背都湿透了。"张定宇的感受，是疫情笼罩下，医护人员最真实的感受。

好在，坎过去了。妻子在入院十天后的 1 月 29 日下午，痊愈出院。这个消息让已经了解张定宇，知道了这样一位战"疫"勇士事迹的人们，都松了一口气。

急切的记者电话核实这个压抑中难得的好消息时，已经是晚上 11 点了。开车回家路上的张定宇说了一句话："对，两次核酸检测呈阴性。"

张定宇的"三重身份"："无论哪个身份，在这非常时期、危急时刻，都没理由退半步，必须坚决顶上去！"

共产党员、院长、医生，是张定宇的三重身份。

"无论哪个身份，在这非常时期、危急时刻，都没理由退半步，必须坚决顶上去！"张定宇说。

57 岁的张定宇，从一名普通医生起步，先后担任武汉市四医院副院长，武汉血液中心主任。

从医 33 年，他曾随中国医疗队出征，援助阿尔及利亚；2011 年除夕，作为湖北第一位"无国界医生"，出现在巴基斯坦西北的蒂默加拉医院……

他和同事们的身影，也曾出现在重大灾害发生的现场。2008 年 5 月 14 日，四川汶川地震第三天，他带领湖北省第三医疗队出现在重灾区什邡市……

"像张定宇这样的党员干部，始终冲在最前线，让大家都

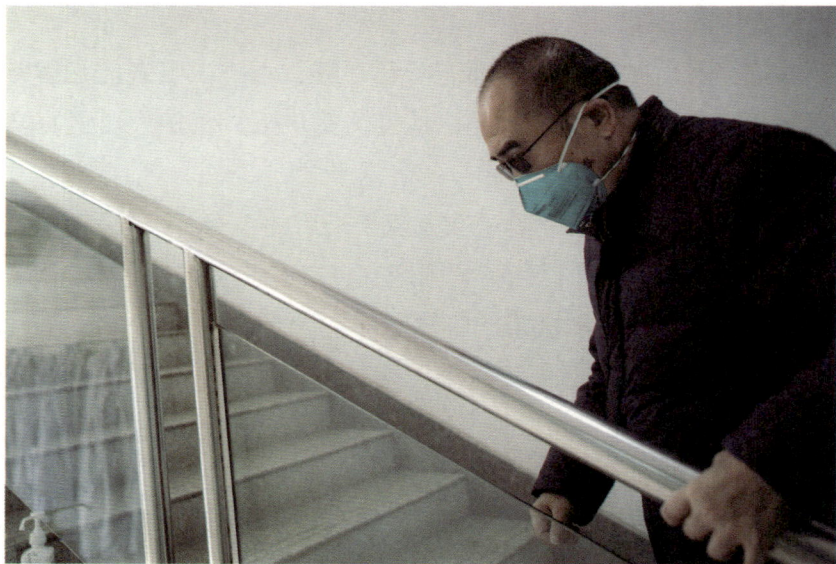

2020 年 1 月 29 日，由于渐冻症的关系，张定宇爬起楼时十分不便。（新华社记者　肖艺九　摄）

感觉特别有主心骨。"张丽说。

55 岁的南六病区主任陈南山顶上去了！在春节期间人手最紧张的时候，临危受命，参与两个 ICU 病区建立，最多的时候 1 人管理 3 个病区近百名患者。

南四病区副主任余婷和同在医院护士岗位的妻子顶上去了！夫妻俩把上小学的孩子丢给父母，坚守一线 30 多天。

一米五出头，看着柔弱的 ICU 病区主任吴文娟顶上去了！从首批不明原因肺炎患者入院，直到自己因疑似感染新型冠状病毒被隔离才下火线。

金银潭医院 240 多名党员顶上去了！没有一个人迟疑、退缩，全部挺在急难险重岗位。有了张定宇和党员们，600 多名职工全部坚守岗位，从未有人主动要"下火线"。

战疫魔，金银潭医院动起来了，武汉动起来了，全中国动起来了。战事还远未结束，还会有惨烈，有悲壮，甚至牺牲。

"健康所系，性命相托"。对张定宇们，这是践行的誓言！对无数民众，这是力量所在，希望所在。

动如风火的张定宇也有个希望，在自己能动的时候，跑赢这次与新型冠状病毒的赛跑。

"我会慢慢失去知觉，将来会真的跟冻住了一样。"张定宇下意识地摸了摸腿，"慢慢我会缩成小小一团，固定在轮椅上。每个渐冻患者，都是看着自己一点点消逝的……"

"生命留给我的时间不多了。必须跑得更快，才能跑赢时间，把重要的事情做完。"

2020年1月27日，在武汉金银潭医院综合病区楼，张定宇在联系协调工作。（新华社发 柯皓 摄）

伴着高低不平的脚步,和电话那头急促的声音,张定宇转身,朝着隔离病区走去……

1月31日,难得的冬日暖阳照进了这座非常的江城。

下午5点左右,消息传来:20名新型冠状病毒感染的肺炎患者从金银潭医院集体出院,最大年龄患者64岁,最小年龄15岁。这是疫情发生以来同时出院人数最多的一次。

截至目前,金银潭医院累计出院确诊患者72例。

(新华社武汉2020年1月31日电　记者钱彤、李鹏翔、侯文坤、黎昌政)

老搭档眼中的张定宇

"好搭档好同事，好兄弟好战友。作风硬朗，遇到问题从来不退缩。"这是金银潭医院党委书记王先广对张定宇的评价。王先广和张定宇搭班子，两人再熟悉不过。他也比医院任何人都早一些知道张定宇渐冻症的病情。

王先广和张定宇都是医生，比常人更加了解渐冻症的后果和危险性。王先广说，其实张定宇这个病，是需要好好回家洗个热水澡的，既不能完全停下来，也不能时时刻刻在动。他需要掌握这个度，但是他又不能掌握这个度，因为工作在不断推着他动，最初30多天，张定宇有好几个通宵只是在办公室沙发上打了个盹。

尽管张定宇用了一些治疗方法，但仍然没有明显向好的方向转化的迹象。王先广心里也很难受，渐冻症患者肌肉萎缩以后，力量就会受限制，有一次下楼的时候，张定宇差一点摔倒下去，因为腿没有支撑能力。张定宇私下多次跟他说，两个人在一起的时候让王先广扶一下他。

疫情发生以来，来金银潭医院指导交流的专家越来越多，原本就很疲乏的张定宇，脚步跟不上，只好叫班子其他领导送。"不是因为他自己受不了，而是来了这么多专家，没有接送，对不住大家。大家来支援指导我们，没有按照礼节做到位，所以把原因说明下，更多人也就知道了他渐冻症的情况。"

"没有誓师，没有举旗喊口号，就是一线战地动员，像张定宇这样的党员自觉往前线走，带动其他医院员工动起来。"在王先广眼里，张定宇真的是面对生死而不变色，"有险情他一定第一个冲上去"。

很多人都说张定宇是个"急脾气"，对此王先广非常理解，作为院长，张定宇做事风风火火，敢于担当，冲在前、干在前，这是他的优点。有时候如果拖延一点，甚至会耽误一条生命，"所以他说话做事都不喜欢拖泥带水，不管是我跟他讨论问题，还是其他下属向他汇报工作，他都会让大家直入主题"。

在王先广眼里，张定宇是一头狮子，敢冲敢拼，发起脾气来，暴跳如雷，但是一头温情的狮子，很细心、很细致、很关心人。

王先广说，作为院长的张定宇要布置全局，要调动力量，有重大险情的时候也会第一个冲上去。他用实际行动践行了对党忠诚、热爱人民的初心和使命！他是这次抗击新冠肺炎疫情中产生的诸多优秀共产党员中的杰出代表。

在张定宇身上，集中体现了无私无畏、担当作为的政治品格和勇毅果敢、雷厉风行的工作作风。作为共产党员，他时刻把人民群众生命安全和身体健康放在第一位，他默默承受着个人身体疾病的巨大痛苦，而用"渐冻的生命"托起了患者生的希望和信心。作为领导干部，他临危不惧、冲锋在前，应对危机镇定自若，是全院干部职工的"主心骨"和抗击疫情的"中流砥柱"。作为医生，凭借多年深厚的职业素养，成就了首战告捷，为全面打赢这场阻击战奠定了坚实基础。

用他自己的话说："我是共产党员、医务工作者，非常时期、危急时刻，必须坚决顶上去。"他是这么说的，也是这么做的，在面对重大疫情的危急时刻，他能够豁得出去，没有丝毫的畏惧和退缩，义无反顾。他是一条硬汉子、一个真英雄。

王先广说，张定宇的事迹和鲜为人知的病痛被曝光以后，感动了中国，同时更加深深打动了医院所有人。在他强大的精神力量感召下，医院内产生了巨大的冲击波，凝聚起了满满的正能量！

2月10日，习近平总书记远程连线慰问金银潭医院医务人员代表之后，金银潭医院党委及时组织学习贯彻习近平总书记指示精神，再动员、再鼓劲、再部署。金银潭医院迅速掀起了学习先进典型、营造"比学赶超"浓厚氛围的热潮，全院党员干部职工以张定宇为榜样，在各自岗位上加班加点、奋力拼搏。尽管50多天没有休息，大家任劳任怨，不叫苦不怕累。铆足一股劲，咬咬牙，拼一拼，坚决顶上去。

张定宇就像一面旗帜，在抗击疫情的主战场上高高飘扬。在他的带动下，全院上下充满了决战决胜的责任感、使命感，大家的工作积极性和主动性更强，工作效率更高。

王先广说，抗击疫情的过程中，金银潭医院涌现出来一大批优秀的党员、干部和职工，如副院长黄朝林，科主任陈南山、夏家安，护士长瞿昭辉、吴静，医生涂盛锦、余振兴，护士胡绪娟、樊莉……

一个人的多身份战"疫"历程

武汉市金银潭医院,与病房里面的忙碌相比,院区的过道上显得特别的安静。

在这里,希望与失望交织,生存与死亡较量,人类与疫病决斗。

这两者,金银潭医院副院长黄朝林都是亲历者。

1月19日,武汉市卫健委举行新闻发布会,针对武汉市新型冠状病毒感染的肺炎综合防控答记者问。当时,湖北省医疗组专家、武汉市金银潭医院副院长黄朝林作为专家出席,并在发布会上介绍,武汉市不明原因的病毒性肺炎被确定为新型冠状病毒感染所致后,国家相关科研机构迅速研发出病毒核酸检测试剂盒,随后进行技术优化。1月16日,湖北省疾病预防控制中心收到国家下发的试剂盒后,开始对武汉市送检的不明原因的病毒性肺炎患者标本进行病原学检测。

三天后,1月22日,黄朝林的新型冠状病毒核酸检测结果显示为阳性,他也确诊被感染了。

3月2日,黄朝林历经40天的隔离治疗和康复,回到工作岗位再战新冠肺炎疫情。

......

一个人的多身份战"疫"历程要从 2019 年 12 月 27 日说起。

2019 年 12 月 27 日晚，黄朝林和张定宇正在办公室讨论事情，其间他接到一个武汉同济医院打来的电话，请求将一名冠状病毒肺炎患者转至金银潭医院。对方在电话中说，已在病例样本中检测出冠状病毒基因序列。

凭借职业敏感，黄朝林和张定宇，立即拨通了北京地坛医院专家的电话，得到的建议是接收患者，展开调查和研究。后来因患者家属不同意，未能转入金银潭。

2019 年 12 月 29 日，对黄朝林来说，是一个特殊的日子。

这一天，也是黄朝林个人战"疫"打响的第一天。

黄朝林得到通知，让他到湖北省中西医结合医院，对不明原因的肺炎患者进行会诊。一一看完患者后，黄朝林说，这些患者可能有传染性，收治在综合医院存在安全隐患。

黄朝林回忆，当天接到通知后，他和另外一名医院同事戴上 N95 口罩，穿了件普通工作服，迅速赶往湖北省中西医结合医院，发现这些患者已被安排在呼吸科相对独立的区域进行了隔离。

到医院后，呼吸内科主任张继先向他们介绍了这些患者的收治情况、可疑状况等，并和他们一一查看患者。坐下来充分讨论后，专家们决定，把患者转去金银潭。随后，黄朝林通过电话向张定宇和武汉市卫生健康委做了汇报，调来了负压救护车。

一次传染病患者的转运，对一家传染病医院来说习以为常。始料不及的是，随后的这场战"疫"，却前所未有地艰难。

安排好转运的事，黄朝林和同事又赶紧赶回自己的医院。

为防止传染，他们要用最快的速度，把南七楼的患者转移，腾出病房。

因为南七楼是金银潭医院的重症病区，从外院转来的疑难传染患者，会先安排到这里。

医院给参加转运的医护人员全部上了三级防护，每转一个患者，救护车就要彻底消毒一次，再接下一个患者。

患者全部转入后，金银潭医院的专家立刻开始会诊。您住哪里？在哪里上班？最近接触过什么人？接触过什么动物？……他们一边会诊，一边对患者展开了流行病学调查，直到凌晨三四点……

这次转运从傍晚一直持续到深夜。

此后，黄朝林几乎没有休息，没有外出，没有回过家，几乎夜以继日地奋战在抗疫火力最猛的第一线。

随着时间的推移，这类感染者日益增加，金银潭医院开始人满为患。后来，湖北省卫健委从武汉地区抽调了医护人员支援金银潭医院。

清腾病房、添置各种必须的仪器、安置患者、安排前来支援的外院医护人员……医疗上的事，在他的职责范围，他得管；作为专家，本院外院的会诊他要参加，他还以专家的身份出席了两场疫情发布会。对他来说，每天能睡上4个小时就算是很奢侈了……

进展快，是新冠肺炎的一个特点。作为医生，黄朝林参加了一些危重患者的抢救和病例讨论。当时对这个疾病真的是一无所知，病原不知道，感染途径不知道，患者的病情都比较重。直到几天后，才陆续发现有些轻症患者。

连续超负荷工作带来的疲劳和压力让黄朝林的免疫力下降，每天与之鏖战的病毒已不知不觉潜入他的体内，正在等待发作的时机。从 1 月 17 日开始，他感到人很不舒服。22 日那天，他的核酸检测结果出来，是阳性，他感染了。晚上，他抽空去拍了 CT，双肺已有毛玻璃样病灶。

那天之后，黄朝林再次走进病房时，他的身份已经变成患者，血氧饱和度不到 93%，属于重症。也是同一天，他在参加克力芝试药的临床观察知情同意书上签下自己的名字，以身试药，成为了"试药人"中的一员，他想要通过自己的治疗，来验证克力芝治疗新冠肺炎的临床疗效和安全性。

服药后，腹泻、呕吐等严重不良反应接踵而来。在病房里，黄朝林听其他医生说，此前 ECMO 救治的那名患者在坚持了近 20 天后还是去世了。作为专家，他很清楚，自己的病情可能也会一步步滑向危重，他也担心自己的病情发展到上呼吸机、上 ECMO 那一步。病情反复的过程持续了十多天，2 月 4 日以后病情才出现拐点，肺部影像学逐

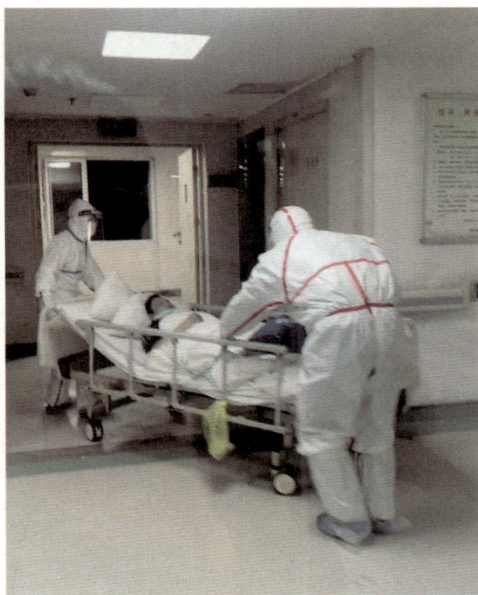

金银潭医院医护人员正在紧张护送病人。
（第三章图片除有特殊说明外均为武汉市金银潭医院供图）

渐好转，两次核酸检测呈阴性，符合出院标准。

3月2日，黄朝林历经40天的隔离治疗和康复，再回战"疫"一线上班，再战新冠肺炎疫情。返岗第一天，黄朝林把自己的工作日程安排得满满的，去了很多病区了解情况，参加了一些医疗队交流会。在有的病区，他一边询问入院患者特点、治疗手段、出院情况，一边记录下需要解决的问题。

当前，战"疫"还在持续，黄朝林表示，他会更加小心，做好防护，不到全胜不松懈。

为省 10 分钟，夫妻俩"以车为家"

2 月 22 日晚 9 时许，不远处"武汉市金银潭医院"的霓虹灯光，揉进车内昏暗的光束里，映在涂盛锦和曹珊脸上，让这个夜晚显得不是那么冷。

这是这对医护夫妻将要在车上度过的第 29 个晚上。

和往常一样，涂盛锦在前排副驾斜躺着，翻着书，曹珊在后排半卧着，盯着手机，时不时两人就把头凑一块聊上几句。

今年 44 岁的涂盛锦是武汉市金银潭医院南六楼重症隔离病区副主任医师，40 岁的曹珊是南二楼病区护士。

首批 9 名"不明肺炎患者"转入金银潭医院后的第二天，涂盛锦就参与到了救治工作中。后来，病区越开越多，曹珊从 1 月 7 日也投入到了这场战"疫"。

同一栋楼，但两人白天各自忙各自，没时间见面，11 岁的儿子完全交给了家中的老人。

"家在武汉南湖边，隔着长江，开车要 40 分钟。"曹珊说，平时都是涂盛锦开车，一起上下班。

疫情暴发后，医院成为抗疫前线，涂盛锦所在的重症病区上下班没准点。曹珊说，有次两人下班匆匆忙忙回到家，丈夫车都没下，又要赶回医院继续上班，"第二天一早又来家里接我上班，那样他太辛苦。"

　　1月23日，武汉关闭出城交通，不久市内公共交通停运，全院医护和工作人员不能回家的太多，加上前来支援的医疗队，单位宿舍爆满，酒店房间也吃紧。夫妻俩决定把机会让给其他同事，"在车上睡几次也习惯了"。

　　正月初一那天开始，这辆陪伴8年的爱车成了他们的第二个家。

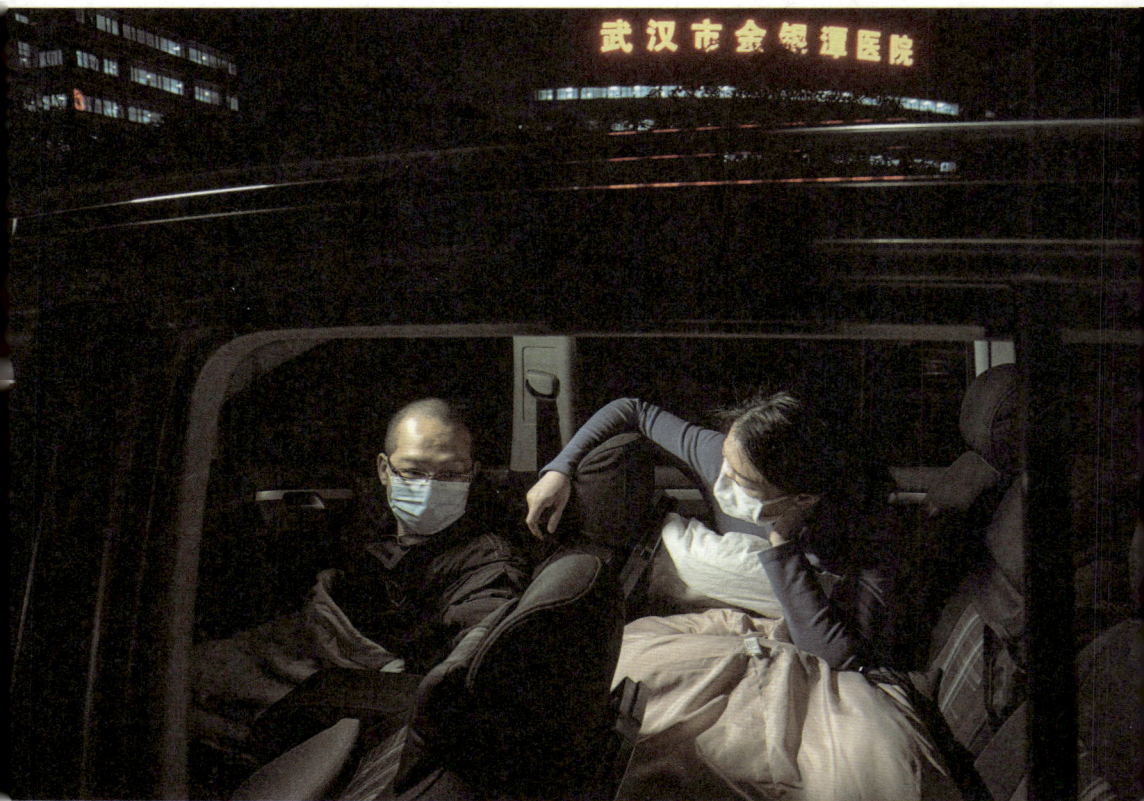

　　2020年2月22日晚，在武汉市金银潭医院内，涂盛锦（左）和曹珊在车内休息。（新华社记者　熊琦　摄）

"买车时特意挑了一款后备厢大的，想着以后有机会自驾露营。"曹珊笑了起来。

"我个儿不高，前座也还塞得下。她睡后排，为了方便她伸开腿脚，塞了纸箱把后排空隙填起来，还有爱心人士捐的暖宝宝。"涂盛锦对眼前的"居住环境"还蛮知足。

这些天，医院又协调出一些附近的酒店房间，可两人反而有点舍不得这个"小家"。

"房间是有，但酒店到医院开车都得10多分钟。遇到抢救的，那是按秒算，有这时间就可能把患者从死亡线上拉回来！"涂盛锦还是决定在车上过夜，而且基本不脱外套，就盖个被子，"现在是吃饭、睡觉都要抓紧时间的时候，能省多少时间是多少。"

"病房里一个电话，他比谁都跑得快。"曹珊说，知道涂盛锦放心不下患者，她也留下来陪丈夫，"我一个人睡不着，我不在旁边，他也睡不安稳。"

白天4层楼的距离，对涂盛锦和曹珊来说可望而不可即。每天车上说说话，两人已经很满足。

平日里，涂盛锦不怎么爱说话，但在车上这会儿，总喜欢凑着曹珊聊天。

曹珊说，没了生活上的琐事，就聊聊科室里的工作，说着说着就睡着了。

涂盛锦偷偷告诉记者，曹珊一晚上大概要翻身10次左右，"我都数着呢。她一有动静，我都能感觉到，动一下就回头看她一眼，被子有没有掉了，腿有没有放好。"

深夜，武汉的风依旧凛冽。

　　"以后回想起来，应该是挺浪漫的一件事吧。"涂盛锦放下手里的书，扭头盯着已相识近 20 年的曹珊说道。

　　小车里，有点挤，有点呼噜声，余下的，是关于"疫"时的别样陪伴。

　　早晨 6 点半，是夫妻俩下车的时间，他们又将开始新一天的战"疫"。

　　　　　　　　　　（新华社武汉 2020 年 2 月 23 日电　记者侯文坤）

风暴中心的药师们

武汉市金银潭医院内有一支负责为前线输送"弹药"的保障部队——药师们。

为了不能让战士空手与病毒肉搏，药师们放弃所有休假，举全科之力，积极投身到战场中去。

疫情就是命令！

战"疫"刚刚打响，医院药剂科党支部书记郭晓红就立即召开了支部党员大会，宣布进入战时状态。门诊药房冯金海，中药房韩龙蜂，住院药房闫勇、涂莉、祁玮，药办张志云、章文、段洪，纷纷表态服从科室安排，随时支援工作量大的部门。

战斗一开始，药剂科就少了两名员工，紧接着又因病减员一人。关键时刻，药剂科党支部的党员们，主动申请加入到人员紧张的药库和住院药房，充分发挥党员先锋模范带头作用，奋战在药剂科最前线，保证了药剂科各项工作的顺利开展，给医护一线提供了强有力的药品保障。

党支部书记郭晓红、住院药房班组长闫勇、药剂科负责人陈靖赜就是其中代表人物。

郭晓红自战"疫"打响那一刻起，就放弃了所有的休息，即便自己身体不适，仍然一直坚守在药房一线。在这非常时期，她一方面积极协助药剂科各项工作，做好人员调配、药品消毒品领用与发放等工作，另一方面挤出时间安排支部党员的主题党日学习。她说，工作再忙也不能放弃学习，尤其要向身边先进典型学习，学习英雄人物张定宇院长"舍小家顾大家"的无私奉献精神，学习放射科樊艳青主任爱岗敬业、精益求精的专业精神。

同时她又是科室职工的贴心人，工作之余，经常关心职工，嘘寒问暖，每天反复多次叮嘱大家一定要做好个人防护，确保零感染。她常说："做好个人防护，既是保护自己，也是保护家人！"

1月28日，早上7时30分许，郭晓红突然接到电话，马上有一批援助药品到医院，需要接收。她放下电话，立即推上推车赶往医院门诊大楼。一辆堆满了足足有数百件药品的超长大卡车停在门诊大楼前。

"大家都在各自岗位坚守，没有搬运工人，只能靠我们药师自己上啦！"她招呼大家行动起来，用小推车一车接着一车，把所有药品一箱箱运到了药库。

正如她所说，战"疫"非常时期，科室职工都在超负荷工作，药工人数严重不足，再苦再累的活儿药师都得顶上！"我身为共产党员，更应该站在前头！"

2月9日凌晨，郭晓红手机再次响起，"嫂子嫂子，父亲走了，怎么办啊！"

远在家乡的小叔子在电话里伤心地哭着说，原来郭晓红的公公于 2019 年 12 月底确诊为心梗合并脑梗，一个多月来一直在当地医院住院治疗，但由于武汉疫情严峻，抗疫工作需要，郭晓红没休息过一天，根本无暇回去看望老人，"直到他老人家临走前那一刻，我都不能送他一程，我这当晚辈的真是万分的悲痛和惭愧啊！"郭晓红边说边哽咽着。

住院药房是药剂科工作量最大的部门，不仅为全院 21 个病区调剂药品，还要直接送药品到病区。团队共 11 人，最年轻的药师杨文也有 40 岁了，都是上有老下有小的年纪。

进入 2020 年，医院通知取消假日休息，住院药房工作量猛然增加，作为班组长的闫勇，感觉到了用药和班务人员的紧张。临床使用药品品种的增多，必将增加调剂差错风险。他一边关注每天药品的消耗情况，一边调增上班人数。

闫勇开始每天在工作群发布消息，大家称为闫式"碎碎念"，

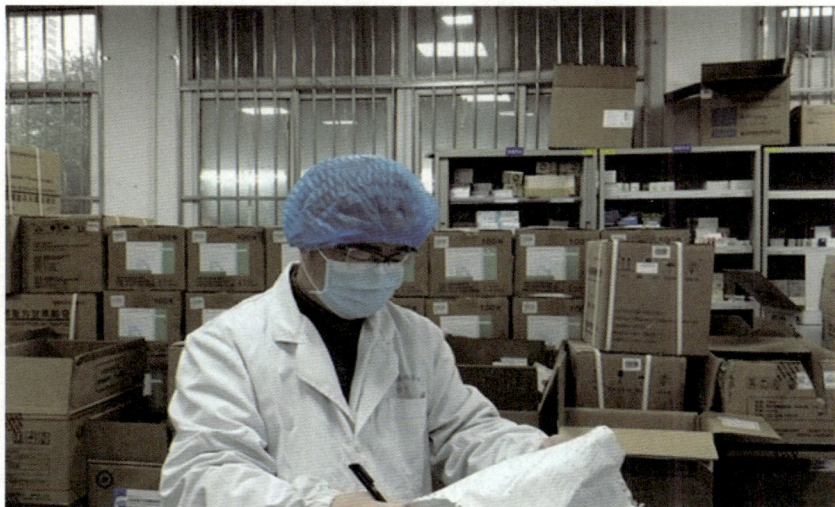

金银潭医院药师坚守在药房。

或是给大家鼓劲，或是提醒大家药品规格、剂型的变动，减少调剂差错。"碎碎念"满怀着对工作人员的关爱，更寄托着一份药剂人员的工作责任。

殖着战"疫"形势的日益严峻，各个医疗队的进驻，新开病区的增多，支援的医生、护士纷纷加入临床一线，但是医院药学人员并没有增加，住院药房压力骤增。

连日奋战没有休息的药师们已经很辛苦了，雪上加霜的是1月23日开始武汉市公共交通停运，住在光谷的同事措手不及，面临上下班问题。关键时候，作为共产党员的闫勇顶了上去，有同事身体不舒服，闫勇帮他上夜班；住在光谷的同事上班遇到困难，闫勇开着私家车起个大早去接。

陈靖赜是药剂科党支部宣传委员，药剂科科室负责人，多重身份和角色决定了他丝毫不敢马虎。自疫情发生以来，他已经三十多天没回过家。

既要协调全院的药品、消毒品采购供应，又要统筹安排科室管理。尽管身体不适，但是他依然坚守岗位，经常加班到深夜，被大家称为"奔波中的忙人"。

1月13日晚8点多，ICU患者急需尼卡地平针，当晚就要使月，这个时间找医药公司送货完全不可能，陈靖赜紧急联系各大医院，最终跑了两家医院的夜间药房才借来30支，并连夜赶回医院送到ICU。

后来医院又新增了4个ICU，全国各地医疗队也进驻医院。陈靖赜更忙了，他白天监控全院用药数据、调整库存，晚上联系第二天到货药品，保证紧俏药品如丙球、阿比多尔、连花清瘟等不断货。

春节期间医药公司运力不足，经常会晚上送货过来，于是，为了更迅速地调配和接收药品物资，陈靖赜索性不回家了。他说，跟临床一线比起来，这点苦不算什么，只要不断货，不影响患者治疗，一切都是值得的。

这场疫情恰逢年关，医院后勤物业人员紧缺，协助搬运输液送药的工人没有了。药剂科理解医院人员荒的困境，面对每周 500 件输液以及每天 21 个病区药品没人送到病房的严峻问题，药剂科紧急动员起来，药库、住院药房、门诊药房、小药房、临床药学所有部门人员紧急行动起来，在陈靖赜的带领下一箱箱装车，一车车拖到病区。

作为科室负责人，陈靖赜没有坐在办公室，而是有困难亲自带领队伍冲上去，体现了共产党员迎难而上的精神。

"张定宇院长说现在是战时状态，在这场艰苦的战'疫'中，药剂科团队没有一人当逃兵。"陈靖赜说。

庚子春疫情中的 "120 部队"

2019 年 12 月 29 日，金银潭医院门诊 120 接到指令，要求着三级防护从湖北省中西医结合医院转运一批不明原因肺炎患者至金银潭医院。从那天起，这支 "120 部队" 就正式进入了抗击新冠肺炎的战役中。

突如其来的一场疫情，打乱了所有人的工作和生活。从慌忙应战到忙中有序，从担忧害怕到奋起战 "疫"，从孤军作战到团结抗疫，个中滋味，五味杂陈。

疫情期间，医院 "120 部队" 经历了很多很多，有感人的事迹，也有窝心的委屈，更有大是大非面前的坚定和勇敢！在这场没有硝烟的战争中，他们用实际行动证明了，这是一支讲原则、守纪律、能吃苦、能战斗的队伍！

一个好的团队，需要一个好的领头羊，她就是金银潭医院急救站站长李晓松。提起她，包括网络站点的所有人都说她是一个 "铁娘子"。

从疫情刚开始到现在，她一天都不休息，特别是在大型转运期间，几乎每天工作到凌晨，有时甚至到凌晨两三点。几乎所有参与转运的急救车辆都能看到她，站在刺骨的寒风中，拿着对讲机和转诊名单，对接每一位转来的患者。

据不完全统计，经她对接的患者有388人次。从安排转运、核对名单、评估病情、患者交接到收治完成，整个过程，她都协调跟踪。

在大型转运时，可以看到这样的场景：120的急救车一路蓝光闪烁，急驰而来，在急诊通道排成一条长龙，等待对接。在交接的过程中，有时会碰到这样或那样的问题，有的车氧气不够了、有的患者需要轮椅、有的车辆需要消毒……碰到这些琐碎又急需解决的问题，120总部都会通知她来协调处理。连续一个多月，天天如此。看到她忙得像个陀螺，又没有外援，同事心疼地说："你真是狠哪，所有120的转运任务结束了，你才能睡，要学会心疼自己，身体要紧，悠着点。"

李晓松笑着说："没有办法，事情落到头上来，只能做好，毕竟，天下急救一家亲，最重要的是不能给我们金银潭医院丢脸。"

李晓松性格外向开朗，经常在科室讲笑话，调节紧张的气氛，逗同事开心，还时不时给同事打气鼓劲。她说："一定要有信心，经历了非典、甲流、禽流感、H7N9，所有的疫情我都参与了，也都挺过来了，相信这次的疫情也会过去的。"她的最大心愿就是希望科室所有的人都平平安安，做到零感染。

零感染不光是一个目标、一句口号，需要真正落实到每一个细节中去。医院120作为一个特殊的科室，不仅有医生护士，还有驾驶员和担架员，只有每个人都按标准流程防护，才能真正达到零感染。作为科室负责人，李晓松重视岗前培训、严格考核和监管。在她的严格要求下，人人熟知工作流程，个个规范穿脱防护。

从 1 月中旬起，每天的转运量开始急剧上升，考虑到医院目前人员紧张，为了不增加医院的困难，李晓松率先改变排班模式，将急救团队分成三个小组，每天两台负压车满负荷运转，实行弹性排班，所有人 24 小时处于待命状态！她本人则 24 小时守在科室，除了日常管理，每天还要操心耗材、对接患者、消毒督导，遇到特殊的任务，还要亲自参与转运。

在一次火神山的转运任务中，120 总部让她协助当天的核对转运工作，10 台负压车同时出发，从中午 1 时起，穿上厚厚的防护服，直到晚上 9 点多才回到医院，全身的衣服都湿透了。

就是这样的一位"铁娘子"，当提起她的母亲时，禁不住泪流满面。李晓松的家人因为工作和学习的原因，都在国外，家里只有她和母亲两人，因为疫情防控工作，她将年近八旬的老人独自留在家中，休息的时候才会打个电话，问候一下。

当问到她选择这个职业后不后悔时，她毫不犹豫地说，不后悔！她相信所有的付出都是值得的，为了自己的祖国，为了自己的家乡，必须坚守岗位，无私奉献。

在 120 工作，是没有生活规律可循的，能睡觉时赶快睡，能吃饭时赶快吃，因为你永远不知道完成任务后，会不会马上还有下一单。更多的时候，中午出发，也许到晚上才能回。一单接一单的急救任务，数量有限的防护装备，决定了"随遇而安、随时待命"是李晓松和同事唯一能选择的工作方式。

有一次，来了一单任务，将一位疑似感染的患者从家里送到指定的隔离酒店。当李晓松的同事到达呼救地点时，患者始终联系不上，经多方打听，终于联系上远在外地的子女，才将患者送到隔离酒店。

然而，此时隔离酒店并不接受这位患者，称其不具备收治无法自理老人的条件，李晓松和同事只能带着老人一家医院一家医院地跑，又被一家又一家的医院拒绝，经过三个小时的努力，仍然无能为力，只能将患者又送回家中。

故事很平淡，但是对于患者和家属，对于120的医生护士而言，却深深感到发自内心的无助和无奈，其间拨打的所有电话要么没有人接，要么就是不了了之，中间的几个小时，对于他们都是煎熬和折磨。

这是金银潭医院"120部队"无数次急救任务中的一个缩影。当战"疫"来临时，他们冲在最前线，他们是真正第一批次接触新冠肺炎的一线医务人员。

战"疫"开始的阶段，所有的医护人员都有着相同的剧本：身在疫区的自己，就是一颗定时炸弹。于是选择远离亲朋好友，一个人上下班，一个人生活，备好食品药品，做持久战的准备。每每接到家人关心的电话，嘱咐一定要注意安全；总是听到又有哪位同事不幸被感染，又有多少患者不幸去世……

但是白衣战士的责任和担当，又让他们选择继续穿上防护服，毅然出征。

郭威波是金银潭"120部队"的一名急救驾驶员，平时大家都喜欢亲切地叫他"鸽子"。他是一位名副其实的大帅哥，身材魁梧、相貌英俊、心思细腻。每当他出车回来，都会认真做笔记，走的哪条线路、距离多远、用时多少，堪称"120活地图"。

郭威波本来是准备今年春节完婚的，一直计划着元旦休息时将准备工作做完，谁料到疫情突然暴发，他只得将家里的大小事物都拜托给未婚妻，将婚期一拖再拖。

在"120部队"中，还有这样一个特殊的不可或缺的群体最容易被忽视。他们来自农村，没有耀眼的学历，没有傲人的医术，不会说什么豪言壮语，却有一颗纯朴、善良、负责的心，在这个特殊的时期，不畏疫情，与医护人员一起守护人民的健康，他们就是担架师傅。

在防护用品短缺的情况下，他们主动把N95口罩和厚一点的防护服让给医生护士，他们说："我们是农村人，身体好。你们医生护士是有文化的人，有本领，能救更多的人，千万不能得病。"

这些朴实的话语让人忍不住流下了眼泪。

疫情肆虐时，很多人选择了逃离，而更多担架工师傅却选择留下来。其中最年轻的黄启胜，在封城前利用休息时间回了家。封城后，由于道路不通，无法按时到岗，他非常着急，担心因为个人原因影响医院的工作。后来经过多方协调，终于回到了工作岗位。他们是无数个奉献者中的一员，同样是这个时代最可爱的人。

如果说临床科室医生和护士是战斗在一线的勇士，那么这支"120部队"急救人员就是战斗在疫情最前沿的尖兵！

医院南二病区的他们

生命重于泰山，疫情就是命令，防控就是责任！

在这场疫情阻击战中，武汉市金银潭医院南二病区全体医护人员在主任谢学磊的带领下，持续冲锋在一线，夜以继日地开展救治工作，他们竭尽所能、争分夺秒，如今已连轴战斗了50多个日日夜夜。

最"铁心"的妈妈——李坤霞

"我刚才跟妈打电话了，女儿很懂事，很听话，你只管安心地工作，自己也要做好防护啊！家里，你就不要牵挂了，有我呢！"李坤霞接到丈夫的电话，眼里闪着泪花。

为做好安全隔离，更为了家人健康考虑，她执意一个人住宾馆，一岁多的女儿只能交给老人照顾。

她心里虽有千言万语，但深知使命崇高、责无旁贷，每次只能与家人几句简短的问候，便匆匆挂掉电话，收起眼泪直奔病房。

最"倔强"的大姐——王芳

王芳是一个有着丰富救治经验的"老前辈"，也是个热心肠的大姐，对科室的年轻医生非常照顾，并经常将自己宝贵的工作经验与大家分享。

随着疫情形势的日益严峻，接诊量大幅增多，她顾不上正处在初三学习冲刺阶段的儿子，自疫情开始，一直穿着密闭的防护服连续奋战，在隔离区不敢喝水，不能上厕所，浑身闷透。

每当同事忍不住说起："王大姐，您休息一会儿，让我去吧"，"倔强"的她总是回复："我还行。"

最"拼命"的伙伴——黄晴

疫情发生以来，连续在一线奋战40多天的高强度工作，让黄晴医生的身体开始吃不消了，身体不适的她本应少走动多休息。但刚打完吊瓶的她，就第一时间主动请缨，强烈要求继续参与战斗，看着她虚弱的身体，大家纷纷劝她注意休息。

"你们都在火线竭尽所能，我这点小病算不了什么，关键时候绝不能'掉链子'，不用担心，我还可以！"她坚定的话语让大家既心疼又钦佩。

最"贴心"的暖男——李翼、余振兴

李翼和余振兴的爱人都是本院的职工，为打赢疫情阻击战，他们把孩子托给年迈的父母照料。这两对夫妻同心协力，携手逆行，义无反顾。

每次丈夫一句"戴好口罩，做好防护"，妻子一句"知道了"，接着就双双奔赴病房。即便爱人也在同一个医院工作，但经常是36到48小时，甚至更长时间见不到一面，这也是医院诸多双职工的日常。

虽然他们顾不上"小家"，但独揽了科室"大家"的后勤，大到防护物资领取，小到分发科室盒饭，在这场日夜不息的战斗中，他们既是火线"急先锋"，又是科室"勤务兵"。

最"心细"的娘家人——谢学磊

谢学磊是南二病区的主任，面对焦虑的患者，她都亲力亲为，一声声问诊，一遍遍安慰，一句句嘱咐，即使自己再苦再累都藏在心底。

在隔离病区，医生和护士要直接、密切地接触患者，感染风险高、心理压力大，穿戴层层防护装备后，闷热、憋气，时间长了会有缺氧的感觉，每次她都会在第一时间为大家进行心理疏导。

"有谢主任无微不至的关怀，即便疫情再凶猛，工作再辛苦我们也不怕，因为谢主任就是我们坚强的后盾。"谢学磊的存在，让科室同事感到踏实。

在这次新型冠状病毒疫情面前，他们没有豪言壮语，也没有耀眼的光环，只是默默努力，坚守自己的岗位。疫情面前，他们就是战士，疫情就是命令，岗位就是战场，他们不惧风险、严阵以待，用实际行动恪守初心、践行使命。

后勤，一群不回家的人

在疫情风暴眼中心的武汉市金银潭医院，有这样一群以科室为家的人。白天，办公室是他们的调度指挥室。晚上，就在办公室搭起简易行军床，24 小时在医院值守，真正做到了"闻令即行"，成为春节中"不回家的人"。

他们，就是医院后勤保障战线的干部职工。

路灯下的身影

医院总务科的工作历来琐碎杂乱，特别是在应对新型冠状病毒疫情这个非常时期，头绪多，任务重，承担着为前方队友送炮弹、做好全方位保障的艰巨任务。

医院总务科科长黄高平把"增强四个意识、坚定四个自信、做到两个维护"转化在实实在在的行动中。他克服自己年龄偏大、家庭负担较重的困难，全心全意投入到医院总务科的各项工作中来。黄高平每天坚持巡查水、电、气管线多次，尤其是晚上，总是能看到路灯下他拿着手持电话机在医院每个点位巡查的高大身影。

由于医院收治的重症患者偏多，在医护人员救治过程中难免会突发一些意外事件。一次，在 ICU 病区的抢救中，患者喷出来的血痰导致医疗设备短路，黄高平带领维修组的同志第一时间赶赴现场抢修，及时保障了设备的正常运行。

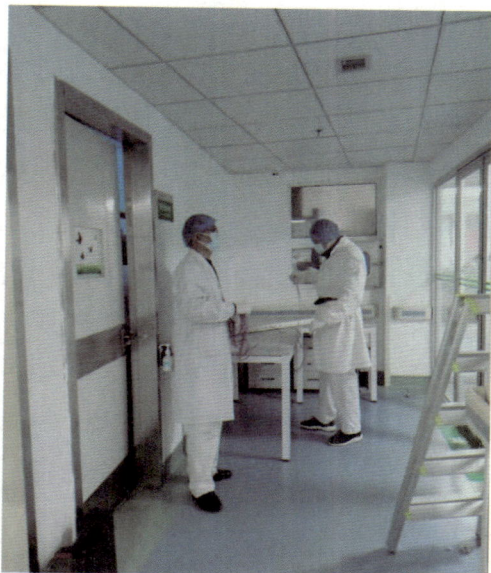

医院后勤保障战线的干部职工奋战在一线。

由于没有家属陪护，医院有些患者生活无法自理，会出现将污物随意丢弃，堵塞下水管的情况。维修组的同志们毫无怨言，尽早疏通，还主动排查保证各个下水管道的畅通。

除了保证医院的水电气、电梯以及污水处理站的正常运行外，他们无论白天、黑夜接到电话都会以最短的时间赶到现场，处理各种应急事件，院内的路灯下留下了他们长长的身影。

据统计，在40多天的时间里，总务科共安装了200多台挂壁式消毒机、近600盏紫外线灯，铺设病区电线近千米，维修全院路灯60多盏、病区感应水龙头几百个，更换300来套隔离病区的锁扣，疏通病区内的厕所下水道及洗脸盆下水道40处。

他们还配合企业5天内完成了医院液氧站的建设改造，由原来2个5立方氧罐改为2个10立方氧罐，落实了病区不间断高流量供氧的需求。

匆匆的脚步

"15 分钟后有 12 名病患到门诊 CT 室做检查，各自到位做好道路管制，快点！快点！"在医院院区总能看到一位一边快速奔走一边用对讲机呼叫的高大身影，他就是金银潭医院保卫科科长周德义，一位近 20 年党龄的老党员。面对疫情，他没有恐惧，没有退缩，不分昼夜地奋战在自己的岗位上。

保卫科虽然不在救治病患的最前线，但在这次防控工作中保卫工作显得尤其重要。每栋病房楼下面都要安排人员 24 小时值守，不让患者和家属随意进出病区，还要负责转运病区的患者，运送各病区所需的医疗和生活物资，安排去医技科室检查的道路清场等。

疫情发生正是春节期间，而且金银潭医院收治的都是确诊的新冠肺炎患者，很多物业人员因为害怕被感染都回家了，在急缺人手的情况下，周德义经请示批准后调动了一切可以调配的人员组建了临时班组，毫无怨言地接下了繁重的工作。

年近花甲的他奔赴在医院的每一个角落，时值冬季，汗水常常浸透了他的衣衫。

保卫科的职工吴昌顺，是 2019 年入党的新党员，平日里是位活泼可爱的阳光大男孩。疫情期间，他除了完成医院的安保工作，还承担了为病区走廊上的加床患者送瓶装氧气的工作，随着医院救治任务加重，走廊上的加床患者越来越多，这些患者没有中心供氧设施，主要靠瓶装氧气供应，他和同事们接到任务后都以最快的速度把氧气瓶送到病区。

医院防护物资紧缺，为了保障一线医护人员的供应，他和同事们只能穿着爱心人士捐赠的没有达到应有防护级别的隔离服进病区，"我们送到后就及时出来，隔离服要留给医生护士，他们在里面待得久，不能没有保障。"吴昌顺的话语非常朴实。

　　他们也是战士，虽然默默无闻，却一样冒着生命危险守卫着这片土地上的人民。

寒冬中的汗水

　　金银潭医院在新冠肺炎疫情中备受关注，得到了全国人民的支援与关爱。社会企业和公众发挥大爱无疆的公益精神，踊跃捐献各类物资到医院。

　　把捐献的物资保管好、分配好、使用好，是保证一线医护人员顺利生活、工作的基础。金银潭医院后勤保障战线的同志除了完成本职工作外还义无反顾地承担起接收与分配捐献物资的重任。社会各界捐献的物资千差万别，有生活用品，有医疗用品；有鲜活型的，有长期型的；有对口指定支援的，有特殊用途的。他们秉持一颗公心，事事突出"精准"特点，讲规矩，听指挥。

　　接收捐献物资医疗器材、食品、各种生活用品全部都登记入账，保存安全并分发及时，做到了"账目清晰、公开廉政、使用合理、保障有力"。

　　2月15日的晚上10点多钟，忙碌了一天的医院逐渐地放慢了节奏。此时，医院突然接到一批消毒用品的捐献，车辆即将到达医院。

　　夜晚寒冷，白天的疲劳还未消退，但一想到明天医护人员还要冲锋上前，全院需要消杀保障，爱心人士正在路上奔波，医院后勤的员工临时组建突击小分队，第一时间集结，由食堂的班组长袁勇带队，8个人10分钟内到齐，开辟通道，整理仓库。

车辆一到达医院，即开始紧张的清点、交接与卸载工作。每个人平均搬运40多件包装品，仅用了50分钟便全部整理入库。前来捐献的爱心人士敬佩地说："我跑了那么多的单位，金银潭医院的同志们最是认真负责，物品捐赠给你们，我们放心！"

当爱心人士的车辆离开后，8个人才发现，虽然是在寒冷的冬夜，但每个人脸上都挂满了汗珠。

在这场战"疫"中，金银潭医院后勤保障战线的这个群体，主动请缨，并肩作战。医院的每一个角落都是他们的战场，守护好身边的"白衣战士"、守护好身处的这座城，是他们唯一的心愿。

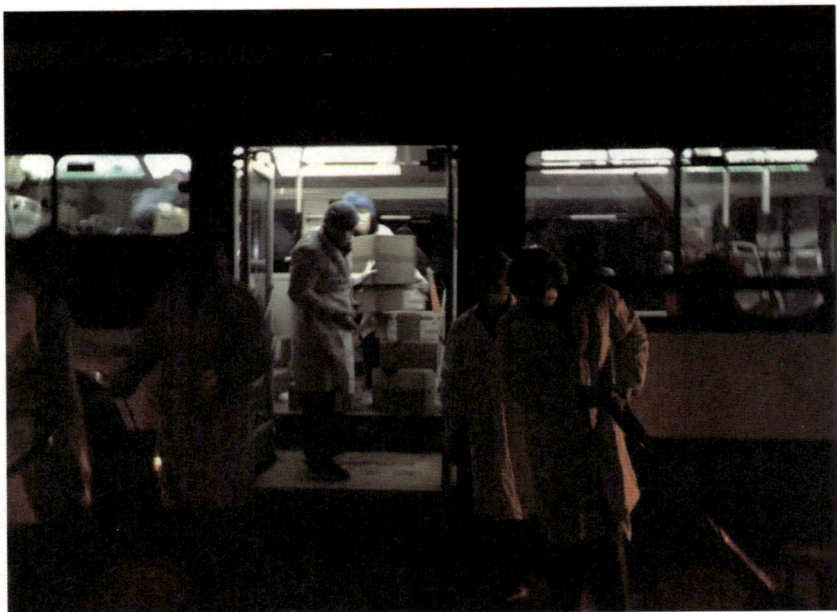

金银潭医院后勤员工在搬运物资。

"暴风之眼"中的医院 GCP

2019 年 12 月 30 日，武汉市金银潭医院 GCP（药物临床试验机构）及项目组成员在 I 期临床试验研究室召开了 2 个 BE 项目的启动会，兼任项目 PI 的张定宇院长在会议总结时重点强调："当前流感盛行，大家一定要注意保暖，避免感冒。"

当时，GCP 的同事并未觉察到院长的深意。几天后，他们才知道，就在启动会的前一天晚上（12 月 29 日），医院收治了几名不明原因肺炎患者。

也就是从这天起，金银潭医院，特别是呼吸道感染科，在超前谋划的张定宇带领下，积极投身于这场没有硝烟的战"疫"。

加快试验入组，机构、伦理齐迈步

2020 年新年伊始，随着医院收治的类似患者日渐增加，且临床未找到有效药物治疗的情形下，帮助临床寻找特效药物成了当务之急。

他们通过文献检索、同类机构指导发现：洛匹那韦/利托那韦和干扰素 -α2b，Remdesivir，对新型冠状病毒单/多克隆抗体可能有效，需紧急开展临床试验以验证这些药物对治疗新冠肺炎的有效性。接下来的每天，他们与时间赛跑，在确保符合药物临床试验规范的基础上，与中日友好医院、北京协和医院、北京朝阳医院、中国科学院武汉病毒所等多家研究单位展开通力合作，GCP 机构办公室统筹协调，机构人员分工协作，自 2020 年 1 月 6 日起，开始了寻找治疗新冠肺炎有效治疗药物的临床研究攻关。

2020 年 1 月 9 日，首个新冠肺炎项目"克力芝"进行伦理上会审批，经过几例预试验后，1 月 17 号正式入组。截至 2 月 2 日，该项目入组新冠肺炎患者 202 例，入组速度相较于平时提升了80%。

2020 年 1 月 24 日，国家科技部下达应急攻关专项，金银潭医院作为牵头单位承担"重症患者救治及诊疗方案优化项目"。

金银潭医院 GCP 机构员工正在研讨。

金银潭医院 GCP 机构参加武汉市传染病医院医学伦理委员会 2020 年度第一次伦理审查会议。

当日，金银潭医院内紧急召开"重症患者救治及诊疗方案优化项目临床科技攻关小组成立暨项目启动会"。1 月 29 日，科技部应急攻关项目工作会暨项目启动会召开，并快速确定第一批的 8 个项目，以尽快确定临床治疗方案。

2020 年 2 月 5 日下午，深受人们期望的"Remdesivir"瑞德西韦临床研究项目启动会在金银潭医院召开，开启了新一轮的"特效药"Ⅲ期临床试验验证过程。

身处防疫一线核心的金银潭，摆在该院临床试验机构面前最大的困难是：如何在避免交叉感染的情况下，既要确保伦理时效性，又要保证项目审查质量。经过多方协调，他们最终通过院外专家远程微信视频＋院内专家现场会议的新型形式解读

瑞德西韦临床研究项目启动会在金银潭医院召开。

特殊时期应急情况。短短 1 个多月，他们共召开了 4 次伦理会议审查，其中新冠肺炎应急攻关项目会议审查 14 项。快审 3 项，备案 3 项。

身兼多职，全员参与保进度

GCP 机构在全力配合用于治疗新冠肺炎的临床应急试验的同时，除了认真对待邮箱中每一个新冠肺炎项目咨询和解释相关要求外，在疫情特殊背景下，部分之前由院外人员承担的责任，也落到了 GCP 机构的肩上。

他们需要兼任 CRO 组织管理项目，查阅文献，审阅、撰写方案，制定项目专属 SOP，为项目顺利启动做充足准备。

他们需要去病区，或作为 PM 统筹协调其他资源保障项目顺利如期展开，或作为质控员保障研究者按规范进行试验，或作为 CRA 监控试验实施详细过程，或作为 CRC 协助研究者顺利开展项目……

他们需要筛选符合入组条件的病例。每天从上千份病例中逐一筛选，挑选符合入组条件的病例，有任何遗漏，就可能造成某位患者错失早日接受治疗的机会。

他们需要根据患者知情入组的时间，配合临床，完成受试者随机分配，并跟踪直至给药完成。给药完成的时间，或是白天，或是黑夜，甚至是凌晨，他们从不说苦，因为这就是责任。

他们需要录入试验原始数据。入组试验重要，但数据分析却更为重要，有效的结果能促进临床的规模使用，无效的结果能及时纠正研究方向，避免资源浪费。

获得试验数据后，他们又立刻将数据录入电脑，争分夺秒。在他们的信念中：只要早一秒录完，就能早一秒进行数据统计分析，药效就能早一秒知晓。

治病救人是医生护士的责任，而尽快获取第一手的试验结果，就是 GCP 机构的使命。他们精细划分每一项工作，分配好任务，及时跟踪反馈，确保所有工作能尽快有效落地。

快速响应，I 期病房在行动

2020 年 1 月，I 期临床试验研究室除了照常完成已经启动入组的 BE 临床试验，还要协助其他病区防控疫情。

为确保受试者健康安全，同时最大限度增加医院床位，武汉市唯一的定点传染病医院的掌舵人、兼任 I 期临床试验研究室负责人的张定宇再一次做出决定：立刻暂停其他与疫情防控无关的药物 I 期临床试验项目入组，已经入组的项目快速结束，腾出 I 期临床试验用病房，用以收治新冠肺炎患者。

接到指令后，GCP 机构办主任龚凤云动员 I 期病房的所有医生、护士立即行动起来，仅仅用了两天就完成了病房的升级改造，随时待命。1 月 27 日，I 期病房开始收治第一例新冠肺炎患者。

舍小"家"为大"家"，把爱传递

GCP 机构办公室主任刘颖以院为家，坚守前线统筹协调，咨询和立项的每一个方案都是经由她手，自 12 月 29 日起至

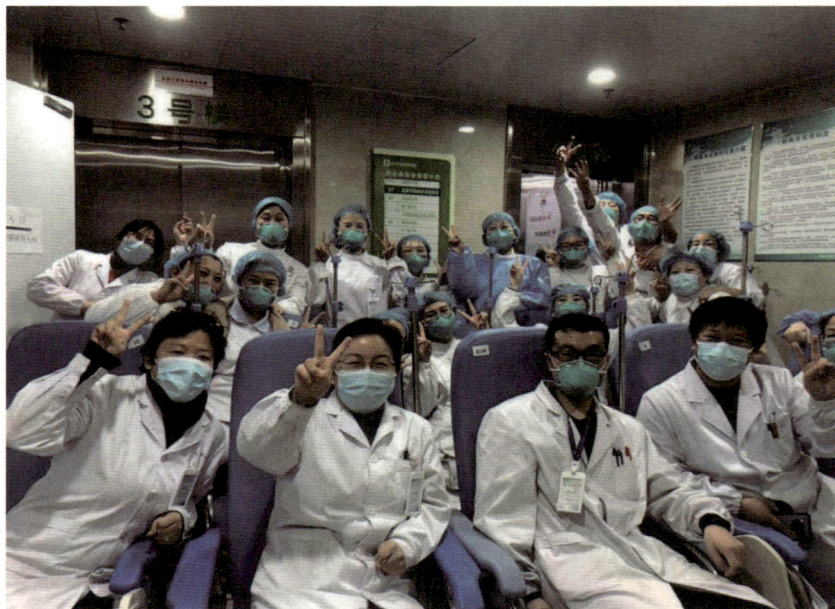

金银潭 GCP 机构同事合影。

今未休息一天。每天连轴转，下班时间从未早于晚 8 点，深夜十一二点下班也是常态，每天只能抽空与未满 4 岁的女儿视频连线……

GCP 机构的质控管理员阮姝楠，1 月 8 号才做了肝脏囊肿手术，出院刚满一周，1 月 16 号就重返工作岗位。伦理、机构的事情都少不了她，有一次，工作劳累之后，阮姝楠上腹部疼痛难忍，只好下午回家休息了半天，但第二天就重返岗位。她说："我们 GCP 工作正接受前所未有的挑战，这种时候我不能缺席！"

同事们心疼她，也只能尽量不让她干体力活。

自疫情防控战在金银潭医院率先打响以来，金银潭医院 GCP 机构人员积极响应院号召，取消周末双休，很早就与家人沟通，退了回家的车票，取消与家人团聚的机会，投身于防疫工作。

他们已经连续战斗了 50 余天，有时也会互相吐槽：真累啊，好想睡一大觉。但看着确诊病例不断增长，他们心急如焚，这不仅仅是数字，而是一个个如你如我如他的生命，一个个身边的同胞。

每想及此，他们又充满了斗志。他们相信：在全国人民的支援下，湖北、武汉一定能战胜这场疫情；他们相信：经过这场防疫战后的 GCP 机构，将会为守护人民健康积累丰厚的经验。

医院检验科的坚守

疫情开始的初期，对于病原的性质、毒力、传播等各种信息均不明确，导致很多员工在思想上焦虑，不安全感很严重。医院检验科党支部第一时间召开党员大会，号召全体党员在这个关键时刻出列，每个党员要在工作中成为一面红色的旗帜，在思想上成为一根定海神针。

检验科的管理团队根据专业的生物安全管理，迅即制定了更为严格的通道管理，提高了防护级别，调整检测流程适应高危样本的防护，持续性地开展防护服的规范穿脱程序的培训和检测环节的生物安全培训，严查细节，筑起保护工作人员和工作环境的一道防护墙。

检验科党支部的党员、干部、普通员工从这场战"疫"开始，就站在了队伍的前列，科主任们把科室管理和员工的安全放在首位；风险高、任务重的岗位，党员先上。

检验科主任项杰从疫情开始就一直奋战在第一线，一直没回家。妻子生病不能照顾，两个孩子见不到父亲，自己身体撑不住也依然坚持工作。

检验科吴志强，夫妻两人都是检验科职工，疫情来临，为了工作，无法照料家里近 90 岁的老父亲，只好送到养老院。一个多月过去了，老人想儿女想回家，吴志强一次次在电话中安慰老人，挂了电话，自己却难过得直掉泪。

每天要忙到晚上 10 点多，整理大量的患者信息和核酸检测数据匹配，以保证及时准确地上传给省、市防疫指挥部；平日还要把关领回的防护用品是否适用于实验室的防护级别；对讲机时刻在手边，协调防护区内外的沟通……这是检验科刘婷的工作日常。

马峻本来到了不上夜班的年龄，因为科室根据安全考虑，接二连三有需要隔离观察的同事暂时离岗，马峻主动成为了"顶班专业户"。

"我考虑了，我相信 ICU 的同志会照顾好我公公，孩子我送到她姑姑家，就算是刘伟（方国妍爱人）在一线，我也不退二线，我要回来上班"，这是检验科方国妍度过隔离期后的决定。

每一个岗位，都有他们坚守和奋斗的身影。

第四章

"小人物"的"大故事"

如果说金银潭医院是与疫魔激烈交锋的战区，那么金银潭医院的所有医护人员和员工都是无畏的英雄战士。

然而，医院之外，他们也只是一群普通的"小人物"，有各自的小家需要去操持。面对肆虐的病毒，他们顾全大局、勠力同心，沉着应对、主动作为，用最质朴的坚守、最无私的奉献打响了这场生命至上的保卫战，演绎出一个个感人的"大故事"。

于无声处听惊雷

有一种执着，在惊涛骇浪中弥足珍贵；有一种坚守，在困难逆境中传递温暖。

在抗击新型冠状病毒的伟大斗争中，影像确诊是第一道关口，为提供精准治疗发挥着前置性服务作用，承担着"预警机"的角色与功能。

放射科便是医院治疗体系的"预警机"，在筛查、诊断、病情评估、疗效评估、出院判断等方面提供重要的参考决策依据。

拍CT、看胸片，是确诊新冠肺炎的关键环节。樊艳青是金银潭医院医技党支部书记，也是放射科主任。从2019年12月底以来，在金银潭医院收治新冠肺炎患者期间，她主动取消了休假，放弃了和家人春节团聚的机会，以院为家，日夜奋战在抗击疫情一线。

疫情形势严峻，樊艳青广泛动员和充分发动科室全体同志取消休假，她并没有豪情壮语，也没有硬性要求，只是简单地一句话"共产党员和同志们，看我的，跟我上！"

朴实而坚定，简洁而有力。在党支部的坚强堡垒带领作用下，医院放射科 21 名医护人员全部取消休假，其中包括 5 名党员。他们一力承担起 6000 多人次的门诊疑似病例、新冠肺炎确诊病例，同时还要负责 1000 多医护人员的筛查。

樊艳青还承担着大量的一线工作任务。每天坚持到隔离病房为患者做床边胸片，努力克服了工作量大、防护严苛、设备笨重、通讯不便等困难，出色完成了临床诊断要求。平均下来她每天要诊断检查 300 到 400 人次，每个 CT 要看 600 到 900 帧图像。对待每个患者，她都以高度负责的态度，不放过任何的疑问与细节，每个患者资料要反复查看 2 到 3 遍，才撰写文字报告。

从疫情开始至今，她的眼睛每天都是酸胀、干涩，布满了血丝。

作为党员，樊艳青充分地发挥了先锋模范带头作用，哪里的任务重，她就带队冲锋到哪里。她以自己的行动和感染力，践行了共产党员的初心和使命。正是有樊艳青这样无数牺牲小我、奋不顾身的共产党员，在平凡岗位中默默奉献，于无声处听惊雷，抗击疫情这场伟大斗争的曙光才能提前到来。

军功章上有你的一半，也有我的一半

　　"我能想到最浪漫的事，不是和你一起慢慢变老，而是一起在烈火狂风中相互携手，抗击风暴，共同迎接黎明的到来。"

　　这是金银潭医院南四病区医生余婷和他的妻子——医院护士丁娜的共同心愿。他们以自己的实际行动，在医疗战线上抒写着爱情的动人篇章。

　　医院南四病区负责着四十多名新冠肺炎患者的治疗工作，其中有不少是重症患者。而南四区的医生总共才有四名，平均每人每天要治疗十多个患者，救治任务是平常工作量的五倍。而且，重症患者思想情绪波动大，病菌传染不可控风险高。

　　面对着这场艰巨的工作任务，余婷首先考虑的却是带动妻子一起来投身于这场伟大的斗争中。他们一起妥善安排好家里的事务，克服困难，第一个批次报名，第一个批次写请战书，第一个批次站在阵地的最前线。

　　余婷每天坚持到病房巡查、诊断。防护装备穿戴下来，要花费不少时间。他为了节约时间与装备，一进病房就是四五个小时。逐床问诊，对症下药，心理辅导，加油鼓劲，不仅从药物上治疗患者，还从心理上给重症患者以生的希望和春天般的温暖。

　　他的妻子丁娜，也全身心地投入到病房的护理工作中去，一丝不苟、兢兢业业，常常忙得连饭也顾不上吃。两口子一天下来，汗水浸湿衣背，水汽弥漫面罩，手上的动作不再敏捷，脚步不再有力，脸上被口罩压出了深深的痕迹。忙碌的背后，余婷与丁娜两人经常一天见不上一面，只能在休息时间打个电话互相问候、相互勉励。但他们都彼此约定，待到樱花烂漫时，两人一起去赏花，去品尝胜利的喜悦。

　　因为，"军功章上有你的一半，也有我的一半！"

不能守护的家人

2020 年 2 月 3 日，如同往常一样，医生王珂和护士赵欣刚结束繁忙而紧张的抢救工作。当晚有 2 个患者病情危重不稳定，他们一直忙碌于诊治，待写完抢救记录，时针已指向凌晨 3 点。当晚，本不是王珂值班，是他主动要求参与抢救危重患者。

不仅仅是这次，平素工作中他也是如此。

时间回溯至 2020 年的 1 月 20 日，接到紧急通知，当晚就要腾空病房收治新冠肺炎患者。疫情就是命令，金银潭医院结核病科第三党支部紧急撤离一批患者，布置病房，研究实施方案，一直忙到晚上 10 点，终于为收治新冠肺炎患者创造好完备的环境条件。

作为一名党员，44 岁的王珂，顾不上疲惫，积极请战，开始收治第一批患者，到当天凌晨 3 点金银潭医院结核病科第三党支部总共收治 31 个患者，仅王珂一人就收治了 10 多个患者。

脱下防护服的那一刻，他的衣服已被汗水湿透，脸颊上也被压出深深的褶痕。

在接下来的工作中，他总是不顾危险，率先冲在最前面：积极要求接管病情比较危重的患者；主动要求参加危重患者的抢救工作；危重患者转科时，积极进病房帮忙搬运吸氧设备和呼吸机……

只要有需要，随处都可以看到他的身影。在承担患者救治工作之余，他还要协助完成治疗新冠肺炎的临床研究项目，利用休息时间采集和处理住院患者的临床医疗信息，频繁下病房去询问、了解患者病情。除去吃饭和睡觉的时间，他的生活被安排得满满当当，全身心扑在治病救人工作上。

不幸的是，这期间他的小姨被确诊患有新冠肺炎。然而，在疫情紧张的局面下，医院仍有许多重患需要救治，治疗项目也亟待突破。几番思量，他选择忍痛留守在没有硝烟，却异乎残酷的战场上，没能去看小姨一眼，只是通过电话交代了一些注意事项。由于病情危重，他的小姨很快去世了。接到电话通知的那一刻，这个大个头男人眼里都是泪水，他抢救了那么多患者，唯独自己的亲人需要他守护时，却不能出现在身边……

仅仅过了数日，他的妹妹也被确诊，好在妹妹年轻，病情也比较轻，他却也只能借助电话向妹妹传达问候和关心。

"家是最小国，国是千万家"。多少这样平凡的白衣战士心甘情愿舍小家为众人筑起一道抗疫的长城，只为这场疫情防控阻击战能早日胜利，只盼彼时冬去春来，雪消冰释。

那个蹒跚的身影

2017 年 8 月—2018 年 8 月赴藏对口援建工作第一批成员。

2019 年 2 月由于临时加开北五楼病区并腾空原有北六楼结核病区收治流感患儿，大大缓解其他科室收治压力。

2020 年 1 月 1 日接管南六楼新冠肺炎病区，1 月 19 日将南六楼改造成为 ICU。

这是陈南山近三年的工作轨迹。他的身份在临床医生、援藏队员、病区主任之间无缝转换。

作为金银潭医院耐药病区的科主任，他的每一个亲切的笑脸，每一个鼓励的眼神，每一句温暖的问候语，每一个细微的动作，对于耐药患者都是一味对症的良药。

陈南山从事医疗事业三十多年来，无论是在行政管理，还是临床医疗的岗位上，都是兢兢业业，刻苦钻研，得到了患者的赞誉、同事的好评。他有着良好的职业道德、严谨的工作态度、很强的综合分析能力，非常重视诊疗过程中的心理疏通，关注患者心理变化。

随着新冠肺炎危重症患者收治越来越多，1 月 19 日医院决定将南六楼从普通病房改造成为 ICU，从人员分配、环境布

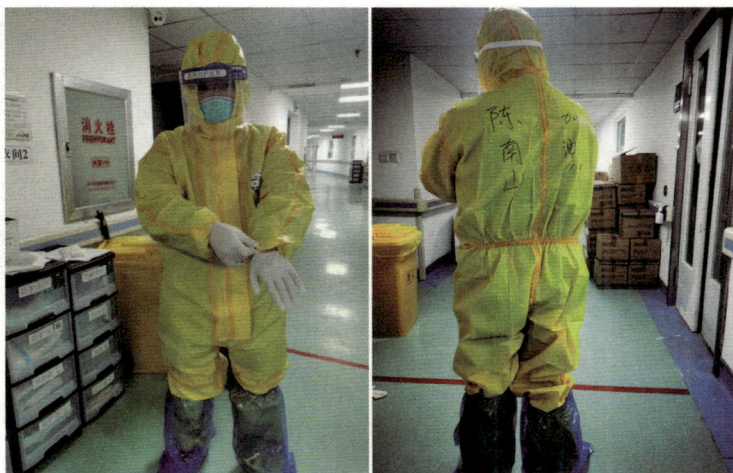

陈南山穿戴防护装备。（第四章图片除有特殊说明外均为武汉市金银潭医院供图）

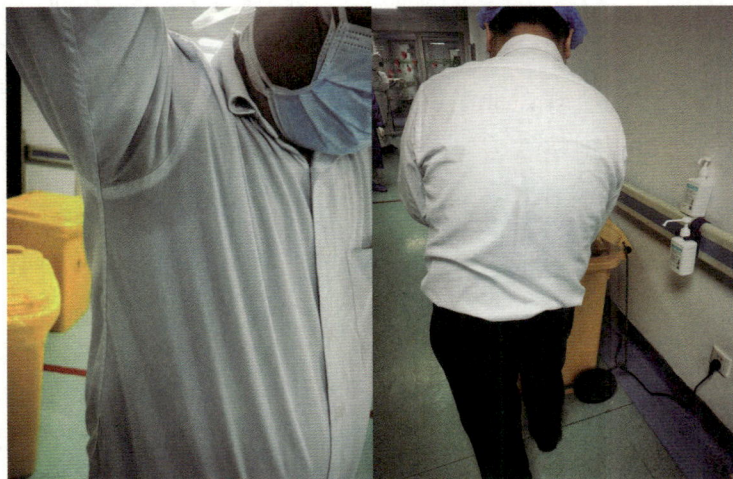

查完房从病房里出来的陈南山。

局、仪器设备到一张床一把椅，陈南山带领大家动了起来，一边收治危重患者，一边改造，仅花了两天半时间把整个病区改造成功。

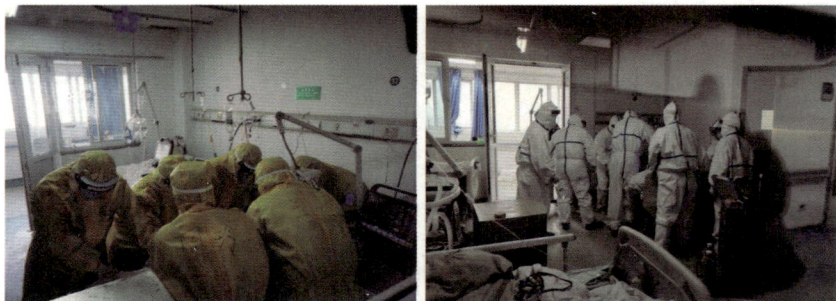

陈南山在病房查房。

　　他身体力行，每天不管多忙多累都坚持下病房，详细查看每一位患者，掌握患者的病情变化，半夜突发状况比较多时他就干脆睡在医院。

　　陈南山已年近六旬，高血压、痛风症常年折磨着他，同事从他走路的样子就能看出他痛风又犯了。

　　数十天的坚守，他没有豪言壮语，没有遗书遗言，没有光头明志，只有那略弯着腰、微弓着背的蹒跚身影深深印在同事和患者的脑海中。

哪有什么生而勇敢，
只是因为选择了无畏

从 2019 年 12 月底开始，医院检验科已满负荷地工作 2 个多月了。检验科入职不久的"小朋友们"，有的刚当上父亲，有的还是奶奶最疼爱的孙女，然而，只要穿上白大褂，他们瞬间就化身为勇敢而无畏的战士。

何旭，生化组，2017 年入职。

何旭每天要穿梭在三台生化仪旁，检测几百例样本、几十个项目。

他说，刚开始，因为对这个病毒到底是什么、怎样传、毒力怎样都未知，想着家里又有老人又有小孩，还是挺担心的。后来随着科室的防护措施一步步提升到位，科室不断地给大家做生物安全培训，各方面细节都涉及了，心里有底了，开始逐渐踏实下来。

对何旭来讲，最大的动力之一，莫过于家里人的支持，他的妻子带孩子住在岳母那里，老人把孩子照顾得很好，免了他的后顾之忧。有时下夜班，何旭会帮家里买点菜，把冰箱塞满。

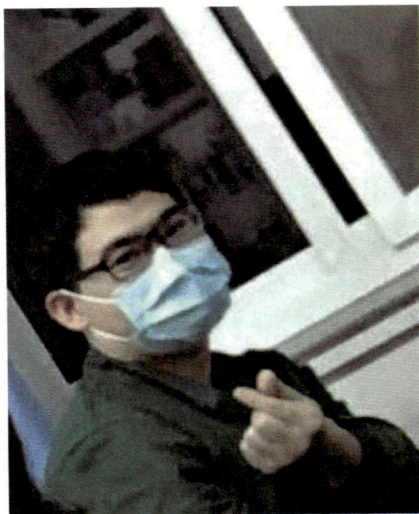

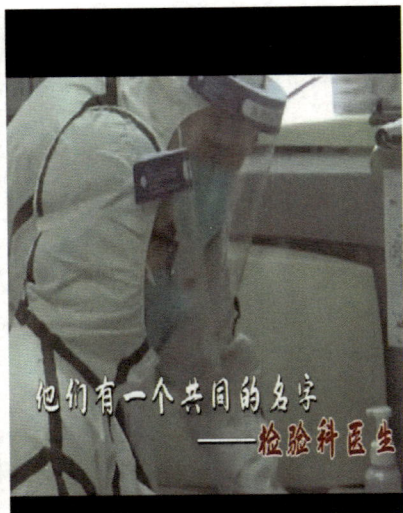

何旭在工作中（右图左一为何旭）。

"我只能做这些，不敢在家久待，所以对家人挺愧疚的。"
何旭说。

闫明哲，分子生物组，2019 年入职。

闫明哲负责病毒核酸检测。1 米 9 的小伙子，笑起来还像
个腼腆的大男孩，儿子才出生 3 个月。

闫明哲说，刚开始还是有点害怕的，不过"这就是我们的
责任啊，不能退"。尤其看到外省的医务人员不远千里一拨一
拨地赶来支援，看到私家车司机自发地守在医院门口接送医务
人员，他在心里想，除了加倍地做好工作，哪有理由退缩。

这段时间以来，闫明哲最想感谢的还是自己的妻子。虽然
闫明哲父母帮着妻子一起带宝宝，可好多方面，妻子都得去适
应，"挺难为她的"。宝宝后来发湿疹，也不方便带到医院去看，

只能干着急。

有时候，闫明哲挺想回去一下，但疫情防控需要，闫明哲只能隔着玻璃看看宝宝，"儿子现在还不会找我……"

吴烨，临检组，2019 年入职。

吴烨本来准备今年结婚，疫情暴发后，头发都没时间去剪，婚纱照就更没时间去拍了。

吴烨说，刚开始也害怕，特别是身边有熟悉的人感染，但是科室的防护工作做得很细致，"老师和前辈们没有一个人退缩，我也就安下心了"。

何柳、张媛媛，微生物组，分别于 2011 年和 2018 年入职。

疫情一开始，何柳就将自己在医院附近的房子让给了科室的两个老师居住，她说："江老师和刘老师家里都是几代同堂，住得又远，让她们住我家，她们的家人就少些风险。"

何柳平时话少，却贴心地为老师们备好了洗手液、洗发水。

自从科室提高防护级别后，有些风险高的项目就挪到了 P2 实验室内完成。每天张媛媛和何柳在江丽萍老师的带领下，在 P2 实验室里一待就是三四个小时。张媛媛说："科室老师们都是这样在工作，我和她们在一起，不怕。"

刘梦元，临检组，2019 年入职。

刘梦元说，刚开始也会害怕，后来看着科室生物安全管理非常严格，各个环节、各个细节都注意到，一遍遍地培训，也就不怕了。"在我们科室里，我感觉最安全。有时爸爸妈妈打电话时，我就跟他们讲，我们怎么做防护的，让他们放心。"
刘梦元说，有时老师们从实验室出来后，一起说说话，开开玩笑，
就感觉很轻松，心里很踏实。

一副副年轻的脸庞，一个个瘦小的身躯。哪有什么生而勇敢，
只是因为选择了无畏。

在金银潭医院检验科这群90后的年轻人眼里，这次疫情是
考验，是锻炼，是个人难忘的一次成长。他们从检验科严谨的
生物安全管理措施和持续的培训中，获得了安全感；从科主任
率先垂范的行为中生发了责任感；从前辈老师们乐观、坚韧的
精神中获得了坚持下去的力量；从科室和同事们的关怀中得到
心灵上的安慰。

累，但是值得！

吴婷是金银潭医院综合二楼护士。作为一名有着近七年工作经验的一线护士，面对疫情，吴婷深知，穿上白袍，就等于选择了责任与使命，作为医护工作者，救死扶伤是工作更是责任，抗击疫情责无旁贷。

2019 年冬季的流感暴发，吴婷所在的科室作为流感病房，承担着小儿流感及各类感染性疾病的收治工作，每天出入量都在 50 人次左右，正是这样一个无比团结、和谐的队伍在坚持，并将继续坚持着，从未落后过，也从未放弃过。

自 1 月 19 日开始收治疑似病例以来，金银潭医院上下同心同德，全力投入救治工作。隔离病区的医护人员更是日夜奋战在疫情防控第一线。

1 月 19 日，吴婷所在科室接到医院通知，清空病房，全体搬迁至南三楼收治新冠肺炎患者，科室同事集体报名加班，做好病房的布置工作。老病房和新病房的处理在科主任和护士长的带领下，进行得有条不紊。

吴婷记得，当天她上夜班就收治了 18 个患者。新型冠状病毒感染的肺炎这样一个新病种，当时对于她们来说还有点陌生，但是大家都经过医院的严格培训，并且有禽流感救治的经验，所以很快就进入了角色。

1 月 26 日，又接到医院通知，科室护士全体搬迁至综合楼二楼，大家又积极报名改造和布置病房、清洁区、潜在污染物、污染区等等。

这些细小的工作看似简单，做起来却并不容易，但吴婷和同事们经过科学的考虑，科室布局都符合院感（医院感染管理）的要求，至今为止，吴婷所在的科室无一例医护人员感染。

1 月 26 日晚上，吴婷和同事就接收了 30 个新患者。接收后，医生立即分类，护士马上报总值班。医生们按轻重缓急有条不紊地处理患者；护士们测生命体征、吸氧、输液等等，穿梭于患者之间。医护之间争分夺秒、配合默契，一直到次日凌晨 3 点，才将所有患者处理完毕。

处理完患者，又开始处理病房，因为没有卫生员，这时护士不仅只是护士，还是清洁工、患者的家属等等，承担着各种角色，但大家没有一句怨言。

从流感到肺炎，吴婷和同事几乎没有休息过，"累，但是也很快乐，因为正做着一件很伟大的事情。"

"哪有不怕的，说不怕是假的。"但是在病房里，每当看到患者的意志力是如此之顽强，听到患者每天给大家打气，为武汉加油，为自己加油，吴婷觉得一切都是值得的。

吴婷觉得，正如钟南山院士所说，"武汉本来就是一座很英雄的城市，有全国、有大家的支持，武汉肯定能过关。"

一名医者的担当

中午，值班室里，大家陆陆续续吃完了午餐，郑汉丹医生这才顶着湿漉漉的头发过来，问有没有多余的盒饭，她要带一份给家中的孩子。

她的儿子今年上高中，自理能力不错，为什么今天要送饭回去？

原来郑汉丹今天夜班，查完房她要把家中唯一的汽车开回去，这样的话，晚上她爱人就可以开车送郑医生的母亲去武汉中心医院南京路院区做透析。

郑汉丹医生是金银潭医院的一名普通医生，一直从事传染病的临床诊治工作。她的父母也是医疗战线工作者，父亲是金银潭医院退休的老院长，已85岁高龄；母亲是武汉市中心医院妇产科退休的老主任，5年前因为糖尿病、肾病开始就近在武汉市中心医院后湖院区透析，郑汉丹需要经常过去照顾。

郑汉丹自己患有哮喘，常年使用药物控制发作，她爱人曾俊在武汉市疾病预防控制中心工作。2003年的非典战役，郑汉丹参加过，儿子也是那一年出生。没想到17年后，金银潭医院作为武汉市首批收治新冠肺炎危重患者的定点医院，她又一次投入到了新的战场上，肩上的职责丝毫未变。

从疫情开始,他们夫妻不分昼夜,在各自的岗位上奔波忙碌,没有多少精力顾及家庭。所幸的是刚上高一的儿子自理能力强,做饭洗衣等驾轻就熟,因为父母特殊的工作岗位,孩子早已磨砺出来,这段时间一直都是独自一人在家自己照顾自己。

最让郑汉丹担心的是母亲年老体弱,透析治疗已有 5 年,近期因为疫情越来越严峻,原来做透析的武汉市中心医院后湖院区临时改为收治新冠肺炎患者,透析需换到离家较远的武汉市中心医院南京路院区,加上母亲因脑梗造成双下肢瘫痪,每周 3 次的透析无奈减至 2 次。

按现有情况,必须靠车辆接送才能完成透析。夫妻俩单位——父母家——透析中心,往返奔波,为了交接唯一的交通工具——私家车,夫妻俩人才能见个面,说几句话。为了工作,她和医生商量,母亲的透析时间安排在晚上 8 时至 12 时,每次透析结束,都是凌晨才能安顿好父母,次日又要投入到忙碌的工作中。

在这场看不见硝烟的战争中,所有家庭都面临着各种困难,经受着各种考验,但是为了人民的健康和幸福,郑汉丹和她的同事们"舍小家,顾大家",以医务工作者的责任和担当,义无反顾地投入到抗击新冠肺炎的阻击战中。他们的付出,是众志成城打赢疫情防控阻击战的坚实基础。

"一点都不害怕那是假话，但也容不得我们害怕"

"一点都不害怕那是假话，但也容不得我们害怕。"已经从业13年，31岁的金银潭医院南七楼重症监护室护士马丹说。

"现在是每天都要进去，排班就像车轮一样不断往前滚。"马丹当天的排班是晚上11点到凌晨4点。她们科室总共40多个护士，7至8个人为一个班组，每个班进去一次就是5个小时。

马丹的老公是一名货运火车司机，疫情发生后，他也一直坚守在岗位，调运货物。夫妻俩4岁的儿子现在特别"可怜"，成了留守儿童，都是家里老人帮忙在带。

马丹唯一一次回家是1月30日，原因是86岁奶奶去世。但那天她和爱人仅仅是回家看了一眼就走了，没有多逗留。疫情笼罩之下，奶奶过世，没有几个亲人相送，没有一个花圈，在马丹的记忆中没见过哪个老人去世时，走得这么悲凉。

马丹回忆，2019年12月29日首批转入金银潭医院的9名不明原因肺炎患者就是进了她们科室。"当时还不清楚是什么病毒，我当时在武汉市的其他医院进修，然后看到工作群里说，

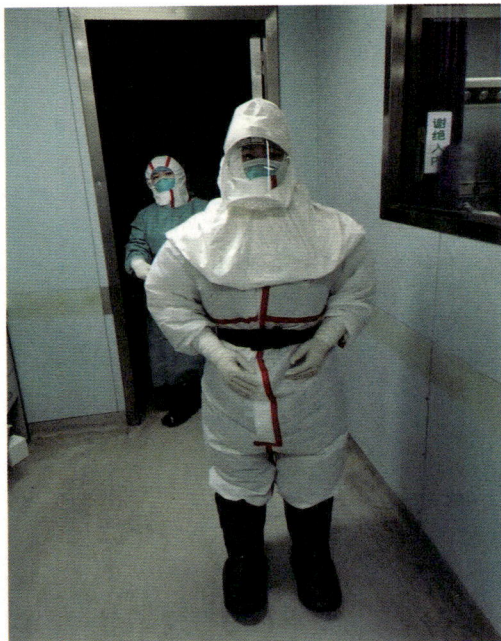

金银潭医院南七楼重症监护室护士马丹在工作中。（资料照片　新华社发）

突然转入不明肺炎患者，我就说我要回来，不能抛下同事。第二天一早我就回到了工作岗位。"

"一点都不害怕那是假话，但也容不得我们害怕。"马丹说，她参加过禽流感、甲流的疫情防控工作。"我觉得本来就是传染病专科医院，如果我们都不顶上去，那还等谁，还能指着谁，这是我们的专业，我们不能退缩！"

在重症室，患者的生活起居、大小便等全部要护士来帮忙。马丹的病房里十多个重症患者，最轻松的时候，一个护士也要管2—3个患者。"在那里面的压力是很大的，患者都是全院最病重的，抢救、用药都很急，我们时时刻刻都要面临可能出现的抢救工作，节奏很快很紧张，强度很大，神经绷得很紧。"

"科室护士长从疫情发生就没有回过家，天天守在病房，她连酒店都没有回过，她要守着患者做 ECMO（体外膜肺氧合），做完了她就直接在病房休息。"马丹回忆，有一天工作完了之后护士长流鼻血了，就捂着鼻子，搞了个氧气在那

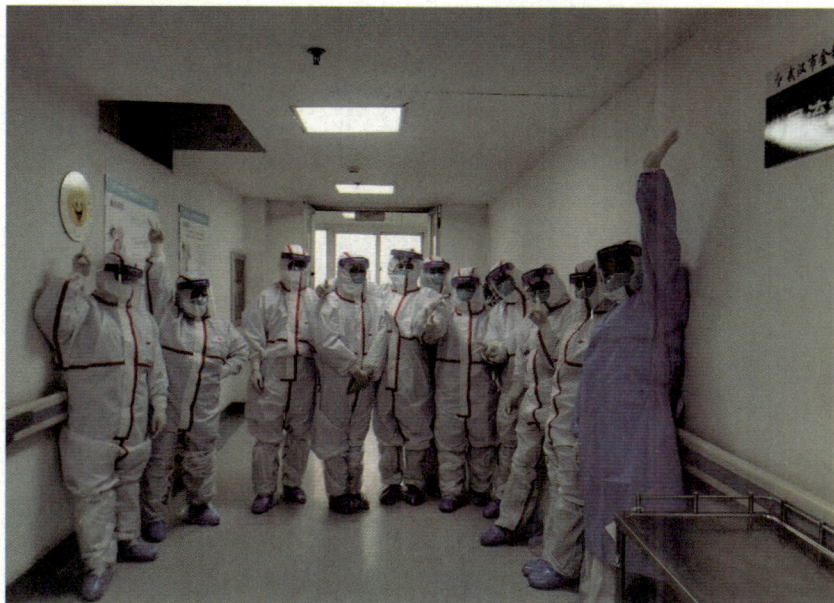

马丹所在科室在疫情中相互鼓励。

里吸氧，即使这样了也不离开岗位。护士长和女儿视频，经常是对着手机躲在一边哭。"有了她的带动，我们才有坚持下来的动力。"马丹说。

"爸爸每天早上五六点的时候给我发一篇心灵鸡汤文章，慰问一下我和同事，鼓励我。"一直在前线坚守的马丹，最感恩的是家里的爸爸妈妈和婆婆的支持，"特别是我爸爸，他是一个老党员，他认为遇到这个事情，国家需要我，我能参与是我的责任，也是我的光荣，他以我为傲，每天在微信鼓励我。"

马丹说，她的婆婆不善言语，但让她特别安心。婆婆跟她说："我帮你把孩子带好，你安心在前线工作！"

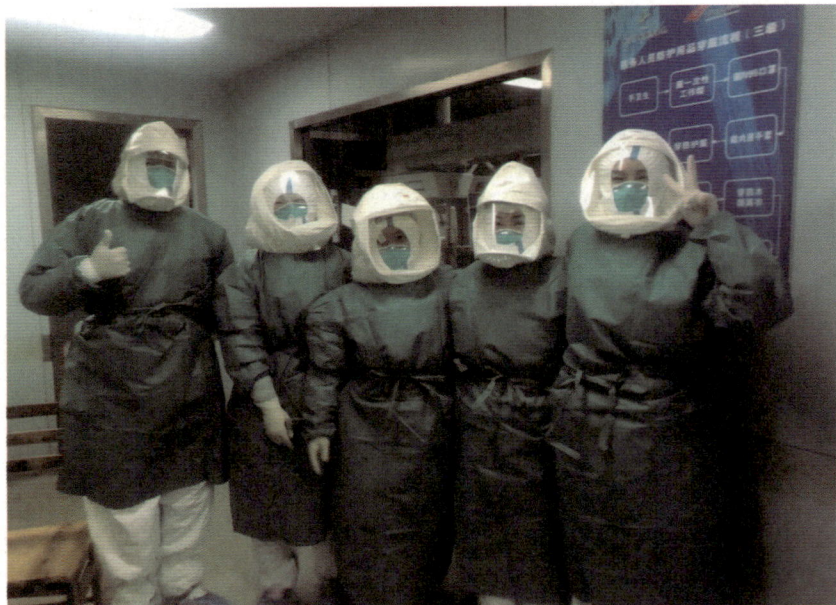

马丹所在重症科室医护人员层层防护。

"每个人做好自己的事情，就是对疫情防控最大的帮助。"
马丹说，只希望自己能尽最大的能力，救治每一个患者，让疫
情快点结束。

不只是在疫情中才是战士

46 岁的金银潭医院南四病区护士长吴静，已经从业 28 年。从 1 月 1 日开始投入这场战"疫"，腾退病房，做好准备，2 号晚上开始接触转院患者，吴静一直都是在一线，最多时同时负责管理 48 个患者。

作为护士长，她经历了医院新型冠状病毒感染的肺炎患者从一个病区，到一栋楼、三栋楼。

"当时就是一个电话，腾退病房，准备接收患者，就进入了这场战斗。当时不知道情况这么严重，我们就是执行。"吴静回忆。

最初一个多月，吴静基本没有休过假。1 月 2 日的时候，她的科室只有十几个护士，而患者有 48 个，所有患者都没有陪护。生

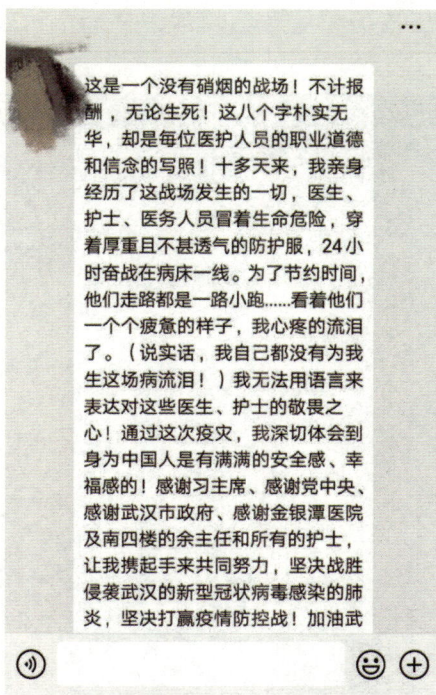

这是一个没有硝烟的战场！不计报酬，无论生死！这八个字朴实无华，却是每位医护人员的职业道德和信念的写照！十多天来，我亲身经历了这战场发生的一切，医生、护士、医务人员冒着生命危险，穿着厚重且不甚透气的防护服，24 小时奋战在病床一线。为了节约时间，他们走路都是一路小跑……看着他们一个个疲惫的样子，我心疼的流泪了。（说实话，我自己都没有为我生这场病流泪！）我无法用语言来表达对这些医生、护士的敬畏之心！通过这次疫灾，我深切体会到身为中国人是有满满的安全感、幸福感的！感谢习主席、感谢党中央、感谢武汉市政府、感谢金银潭医院及南四楼的余主任和所有的护士，让我携起手来共同努力，坚决战胜侵袭武汉的新型冠状病毒感染的肺炎，坚决打赢疫情防控战！加油武

患者给吴静发来的感谢短信。

活、治疗上的事全部都是护士来管。护士穿着防护服后行动会变慢，防护服里很闷，动一下就会大喘气。

当时情况就是"今天排明天的班，后面三天四天的班就排不下去了，非常缺人。我着急得都快哭了！"

后来人手多了些，吴静抽出时间回了趟家。

"我走的时候，家里人只说让我放心，工作之余方便的时候报个平安。"

吴静的科室护理团队里很多都是年轻的姑娘，28个护士，90后占了80%。"这些小丫头其实也都有各自的困难，心里也害怕，但觉悟都很高，不用安排她们去做什么，她们已经主动在做了。从来不叫苦，从来不讲条件。"

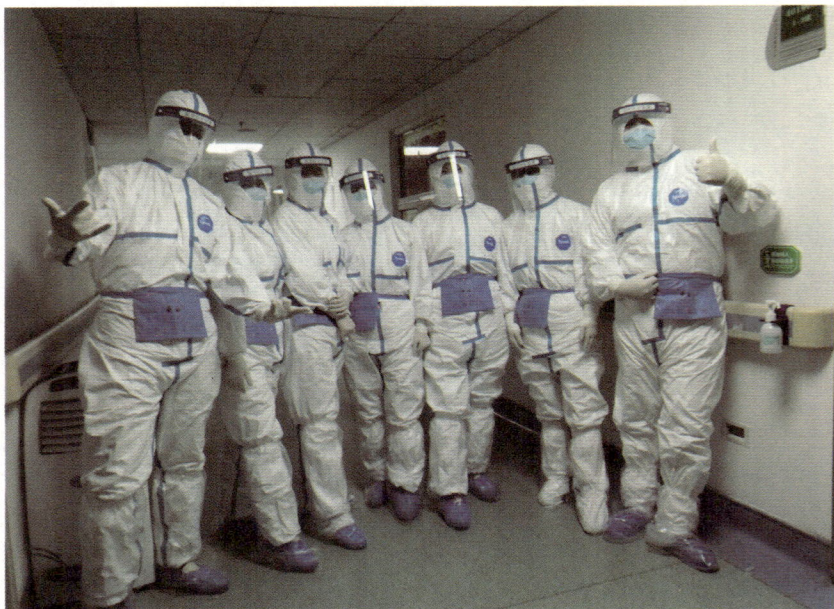

吴静所在科室的护士们合影，相互加油鼓劲。

初期，吴静最担心的还是防护用品，自己都保护不了，怎么去保护别人。

"我们病区最小的护士才22岁。让人家在这么危险的环境工作，必须先保证她们的安全，也能更好照顾患者。"

吴静说，由于防护服是连体的，没有口袋，护士巡视输液时需要签名，笔、对讲机等小件物品没地方放。为了工作方便，科室护士的爸爸妈妈亲手帮她们做了"爱心腰包"，吴静还在上面画上了笑脸，鼓励患者和医护人员都要乐观面对。

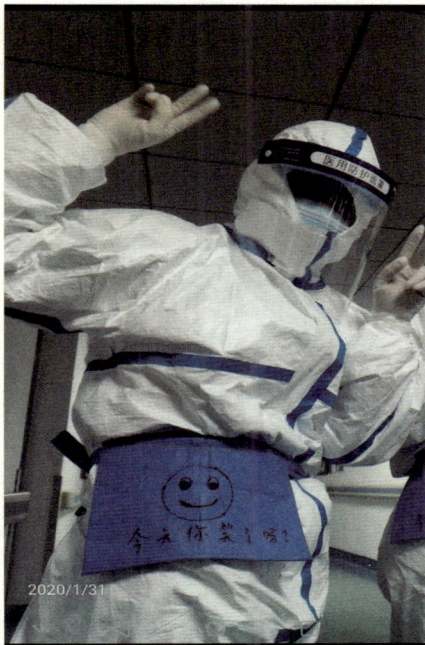

科室护士的爸爸妈妈亲手帮金银潭医院南四病区护士做的"爱心腰包"。

在吴静眼里，没有觉得自己是个战士，就是做好本职工作，"不管什么样的患者我们都要救助，不只是在疫情中才是战士，平时的工作做好也是战士。"

宁愿穿纸尿裤干活，
也不愿离岗的大男人

金银潭医院工程部维修班副班长肖剑池怎么也想不到，46岁身强体壮的自己，也会有穿上成人纸尿裤的一天。

但即便如此，他也从没想过退下抗疫一线，"病房里的事情要做啊，班长由于密切接触新冠肺炎患者被隔离，我是个党员，事事更要带头做！"

抗疫前线，肖剑池不愿缺席，哪怕突发痔疮，给工作和生活带来了各种不便。

2月12日，刚刚从医院综合4病区和5病区装完紫外线消毒灯回来的肖剑池接到电话："北七病区15床跳闸，麻烦来看看。"来不及喝口水，他就和同事一起赶往北七病区。考虑到防护物资紧缺和维修难度，他让同事先在清洁区等候，自己穿好防护服进了病房。首先接上临时电源，保障医疗设备用电，再查找原因，近1米8身高的他，蹲在这里看看，趴在那里瞧瞧，终于在患者床下发现了原因，"重症患者小便失禁，尿液把设备的电源插座打湿烧坏了。"

处理完故障回到科室后，肖剑池疼得身上直冒冷汗，他换下工作服后径直去了厕所,这才发现内衣全部被血水打湿。原来,长时间的蹲姿诱发了痔疮。

"怎么办? 班长还没有结束隔离,这种特殊时期我肯定不能下火线!"他突然想到前段时间有爱心企业捐赠了成人纸尿裤,"我们要进病房工作,时间长了,穿个纸尿裤方便些。"于是他找护士要了一包,由于拿着一包纸尿裤回去,"目标"太明显,他只拿了一个,偷偷去厕所穿上,然后又去开了点痔疮膏。

后来,肖剑池想着纸尿裤穿着方便,但在男厕所里太过显眼,他就用卫生纸代替了纸尿裤。每次需要更换卫生纸了,他边揪卫生纸边跟同事说拉肚子,就这样偷偷换了3天的卫生纸。突然有一天,同事发现哪怕再辛苦再累,肖剑池回来后也不坐着,经多次询问,无奈之下,他"坦白"了,因为疼痛,一旦坐下来,起身很困难,必须扶着凳子才能起身,所以他宁愿站着。

为保证后勤保障工作有条不紊,肖剑池主动顶替被隔离的班长上夜班。最长时间,他连续值了2个夜班,工作超过48个小时,"虽然疼得火辣辣,但是问心无愧。"肖剑池说。

背后的她

　　优秀的共产党员，唯有在生动艰苦的工作实践中，方能显现出身上可贵的品质。作为金银潭医院财务科党支部书记、审计科长，李斌迅速地调整心态，投入到这场史无前例的抗击疫情的伟大斗争中。

　　这次疫情金银潭医院承担着新冠肺炎重症、危重症患者救治的任务，病毒传染风险一度令人谈之色变。入院患者没有家属陪护，生活自理能力差，需要医院提供全方位的生活保障服务。

　　李斌直面疫情，有序应对，在领导的布置下，主动承担起每天三餐给患者送饭到传递窗口，为病区运送消毒药品、办公物资等任务。病区内的医生与护士均为最高等级防护，每次送饭、送物资前，她都缜密地多方协调，科学有序做好隔离消毒和防护等各个环节，严格把关后勤保障供应的质量，在约定时间给患者提供营养可口、舒适温暖的后勤保障服务。李斌知道，患者营养有了保证，治疗效果才能确保。

　　医院行政管理人员一般都没有经过系统的医护专业培训，没有烈性传染环境中自我防护的专业技能与设备，普遍会产生一定的心理恐慌与畏惧情绪。李斌及时发现了这些情绪与苗头，她没有死板的说教，也没有严苛的命令，而是将自己的心得体会、成功做法、防护经验毫无保留地与大家分享，以自身的实际行动带动大家，发动大家正确认识病疫，普及科学防护的常识与要点，增强大家的信心。

小小身体里的巨大能量

　　李向蓉，是南一楼的一名普通护士。她爱笑，似乎没有什么事在她那里是过不去的，无论多忙，多累，同事们总是可以看见她欢快的小身影，快乐的小步伐。

　　疫情袭来，李向蓉冷静地安排了自己的家人，把婆婆和两岁三个月的儿子送回了老家，同时叮嘱好老公每一件注意事项，然后默默地收拾好了自己的行李，上了战场。家人们都很支持她的决定，同为党员的公公跟她说："作为一个党员，在这个时候你一定要起到带头作用，冲在最前面！家里的一切你放心，保护好自己，才能更好地为人民服务！"婆婆也是跟她立下了"军令状"："你安心去战斗，等你凯旋归来，我保证你儿子又长胖了好几斤！"

　　厚厚的防护服，层层的口罩与隔离衣，每天都汗如雨下，连说话都困难，走快一点都觉得喘不上气，可是她从没有说一句累，没有丝毫的退缩之意，依然"健步如飞"。

　　只要患者有需要，她总是用最快的速度来到他们面前解决所有的问题。喂饭、翻身、倒便盆尿壶等等，所有的脏活累活她从不挑剔，像对待自己的亲人一样，每一件事都尽心尽力。遇到不想吃饭的患者，她总是耐心地劝他们，一口一口地哄他们吃，患者们都说自己的亲孙女都不见得有她那么仔细照顾人。

遇到一些不听话、不配合治疗的患者，她气急了也会"凶"，生气地跟他们说"再这样我就不管你们了！"可是当真的有事时，她还是狠不下心，说不管的是她，冲在最前面的也是她。

李向蓉每天都充满了正能量，用同事的话说，像"打了鸡血"一样，像个铁人，什么都打不倒她。

有一天，李向蓉接到了家里打来的电话。挂了电话，她飞快地跑到一个角落，号啕大哭。等她情绪稳定了一点后，同事们才知道，原来她的儿子已经生病好几天了，高烧不退，不吃不喝，家里人怕她担心，没敢告诉她，后来实在是瞒不住，孩子情况越来越不好，家里人也不知道该怎么办了，才给她打的电话。

领导说放她几天假，让她回去看看孩子，她没有拒绝。可到了下午，她又找到领导，说不回去了，"孩子有家里人照顾，这里更需要我！"所幸，几天后，孩子恢复了健康。笑容又回到了李向蓉的脸上。

新冠肺炎疫情下的耐药之战

2019 年 12 月 29 日，武汉市金银潭医院打响了抗击新冠肺炎病毒的第一枪，随之所有病房清空，举全院之力收治新冠肺炎重症、危重症患者，800 余名医务人员进入战疫一线，作为湖北省耐药定点医院、耐药定点培训基地，医院耐药结核病区也在 2020 年 1 月 21 日进入了一场新的战斗。

全市封城，交通不便，门诊有限，就诊困难，有些疾病可以等，但耐药结核病患者等不了。耐药患者一旦停药，就会导致情况更加恶化，治疗方案更加复杂，诱发并发症，进而使整个"耐药之战"功亏一篑，严重时甚至危及生命。

为了让耐药结核病患者不停药，保证疗程，减少新冠肺炎对疾病的影响，金银潭医院耐药病区医生周勇、护士长贾春敏带领咨询员在保证新冠肺炎患者的救治工作的前提下，利用休息时间，提供 24 小时线上问诊、心理疏导、信息登记、快递药品等志愿服务，累计服务患者 350 余人，快递药品近 100 份。

询问、记录、安抚，根据患者需求，医护人员首先登记好患者的姓名、年龄、手机号、收货地址等信息，交由周勇进行完善。随后，贾春敏拿着信息统一去挂号、开处方、缴费、拿药，取出药物后按要求分类消毒打包，再一个个写上名字，之后寄给患者。

因为封城，出行成了大难题，患者进不来，药品也出不去，为了能让这些沉甸甸的希望送到患者手上，志愿服务队的队员们利用下班时间去联系快递公司。一家不送，再找一家。一处碰壁，再碰一处。

一次，护士谢家强好不容易寄出的快递，由于封城被扣在快递公司，身高不到1米6、刚下夜班的她担心药品丢失，在寒风中骑行7公里，历时一个半小时，终于把药取回，并经过多家辗转，最终寄出了这些药物。

志愿服务队的队员最终也感动了快递师傅，主动来院取药、寄药。

抗击新冠肺炎的战"疫"还未结束，这场耐药之战仍在继续。

一名护士长的抗疫实录

我是武汉市金银潭医院南二病区护士长胡徐娟，从"武汉不明原因肺炎"2019年12月29日流传以来，至元宵节，整整41天，我和我的很多战友没有休息。

我们真的很累，但是身处一线，如果不继续奋战，那我们的意义又是什么？

连续在一线作战，持续的高强度高负荷工作让我们医护人员喘不过气，但看着躺在床上的患者那渴望被治好的眼神，我们一次又一次给自己打气，继续站在危险的第一线。

今天的我，回头再看，从那天起，我们其实已经走进了一场全球瞩目的巨大疫情之中。谁也没曾想到25天后的1月23日武汉封城，紧随着湖北省内13个城市逐步停掉公共交通，进而全国各个城市卷入其中。

从12月底到1月初的那一周里，医院收治类似的患者越来越多，由于病情性质的特殊，重症患者较多，对于医护人员的防护级别和病房的要求越来越高。我们不断地新开病房，由于时间紧，对病房的要求高，一天的时间我们就得把一个普通病房改造成类似ICU模式的重症病房，其间辛苦，难以言表。

没有具体的时间，我们就已经走在了疫情抗战的第一线。

谁也没曾想到，会持续至今，且形势愈演愈烈。

面对不断增加的患者，人员不足开始显现。1月11日，医院发布通知，即日起取消休息，全员上班，但是在不断转院进来的患者面前，我们开始了连轴转的状态，上完白班跟着上中班，上完中班继续上夜班。

1月的武汉进入到一年最冷的时节，而我们在密不透风的防护服里，衣服从未干过，患者身边各种监护仪器此起彼伏的报警声让我们无暇顾及额头的汗水，当走出病房脱下防护服，全身衣物早已被汗水浸透。

在连续作战的日子里，我们负伤却依旧前行，我们不敢倒下，因为面前还有更多需要我们去救助的人，我们肩上挑着责任，背负着使命，我们要为武汉加油！

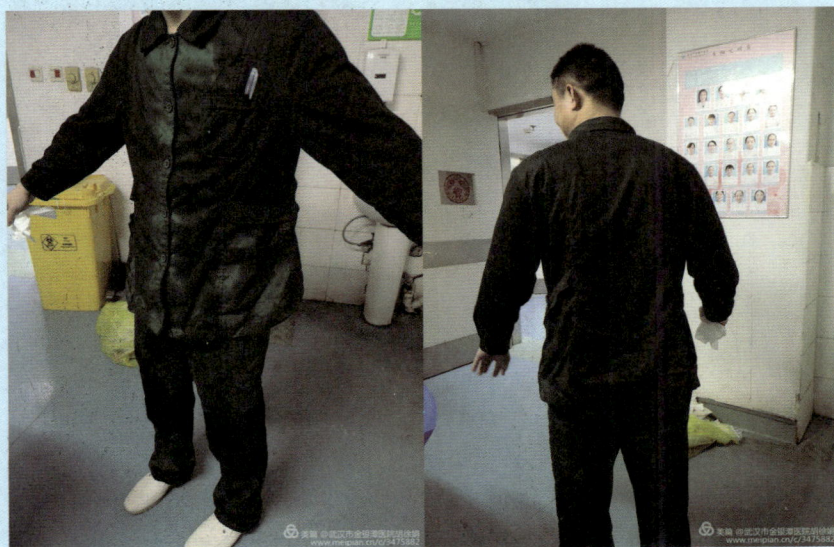

金银潭医护人员脱下防护服后，全身衣物早已被汗水浸透。

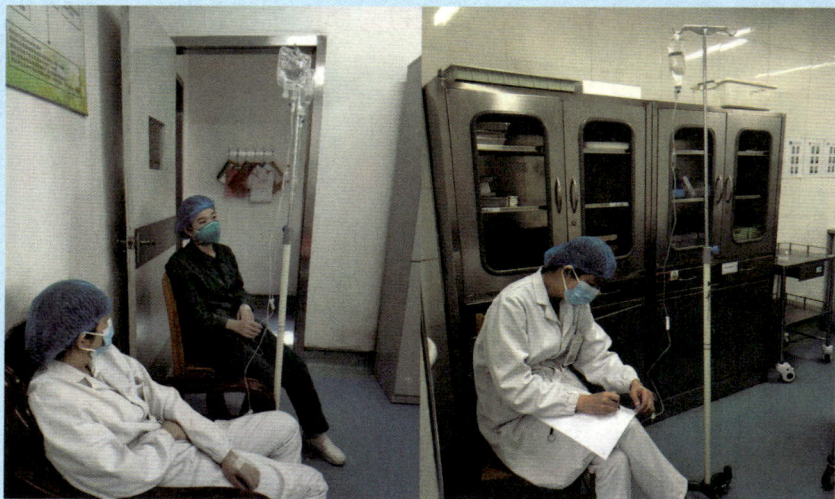

医护人员累病了，趁工作间隙找同事给自己输液治疗。

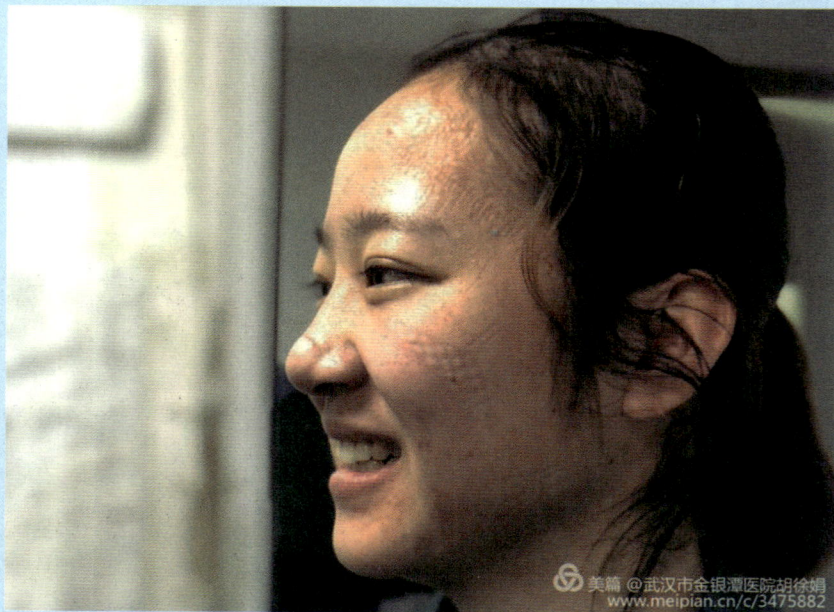

医护人员脸上被勒出深深的印痕。

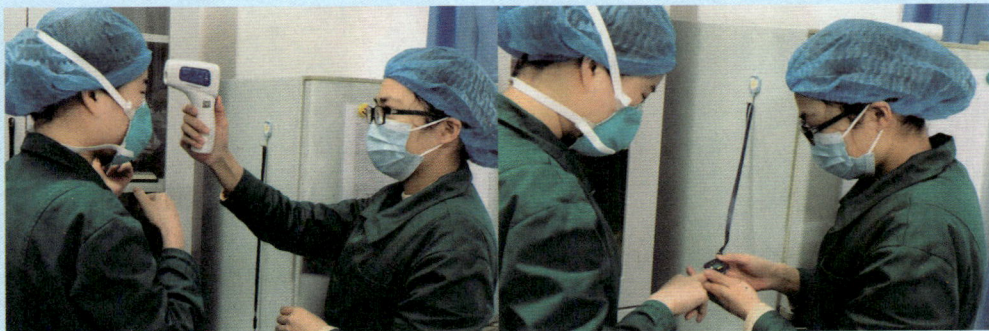

每一次进病房前，医护人员都会测量体温和血氧饱和度，然后认真地记录下来。

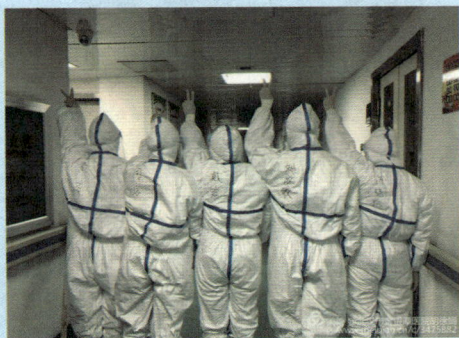

医护人员在病房合影鼓劲。

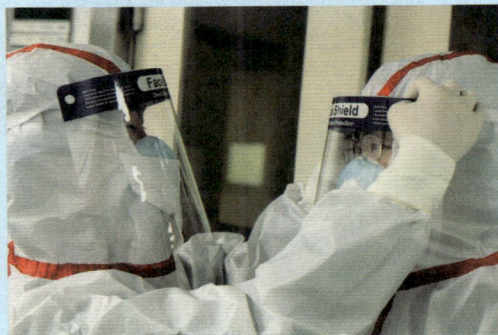

两位医护人员在进病房前相互整理防护服。

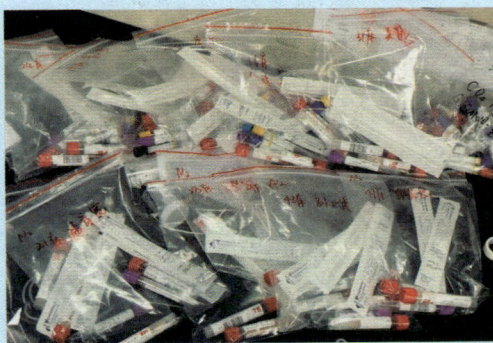

这是医护人员繁重工作的一个"小角落"。

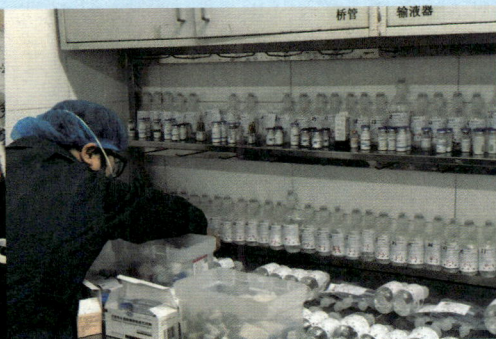

金银潭医院迎来来自祖国四面八方的医疗队的支援。

在疫情愈发严重后，武汉受到了全国的关注，而作为重中之重的武汉金银潭医院，我们得到了四面八方的支援。有本市的、上海的、福建的、吉林的、重庆的。我们的护理团队从十几人变成 20 多人。这一刻我们看到了国家的力量。

尽管来了多方支援，可是在面对科室 30 多个患者，近 20 个危重患者，经常一个患者就得两个人操作时，我们 20 来人的护理团队仍然有点力不从心。

由于此次疫情在春节期间，加上后来多方的宣传，疫情也得到了全民的重视，在防护层面来说是好事，然而也为医院带来了一些困扰，比如医院的保洁和保安陆续走了，甚至连食堂的阿姨也走了。

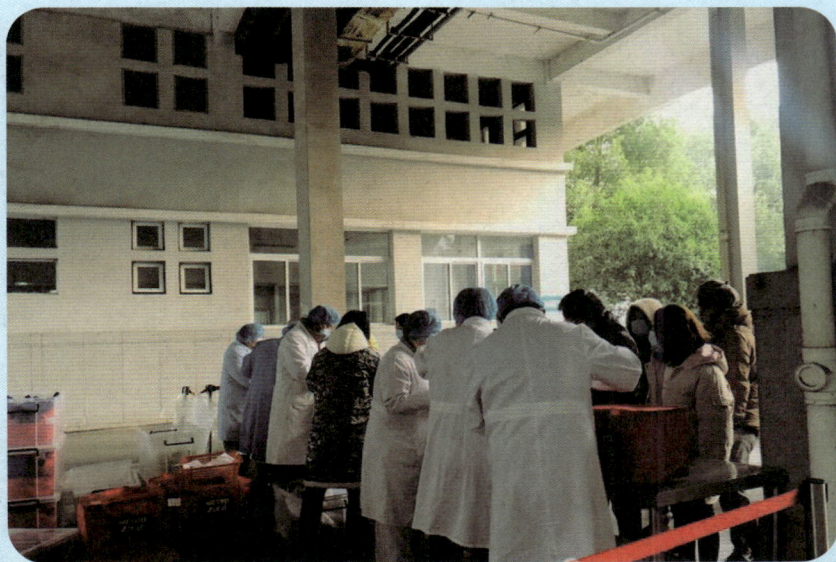

医院行政管理人员上前线，给医护人员送饭，送物资。

　　从四面八方，从全国各地，温暖源源不断。吃的、喝的、用的、穿的，凡是能想到的，爱心人士都想方设法送到金银潭医院医护人员手上。

此时,这两位叔叔和阿姨留了下来,和我们一起战斗,她们体谅我们的辛苦,我们也感恩他们的付出。

在医院人手不足的情况下,为

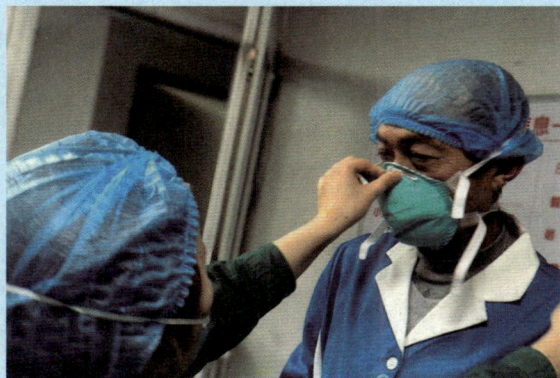

两位选择留下来和医护人员一起坚守的保洁人员。

了保障我们的生活,医院行政的领导们每天在楼下为我们派饭,运送防护物资。我见过党委书记来病房清理垃圾,见过院长会没开完就哭了,见过院办、党办主任每天帮着送物资,见过工会主席每天给患者送饭,我还见到了我的同事们因为压力太大而哭泣……

爱,一直都在。此时的我们知道,我们不是独自战斗,全国人民的心和我们在一起。

金银潭白衣战士群像

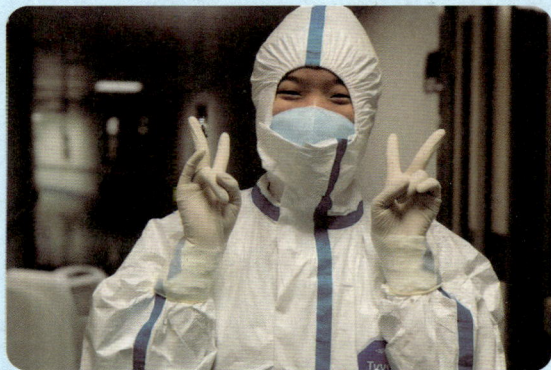

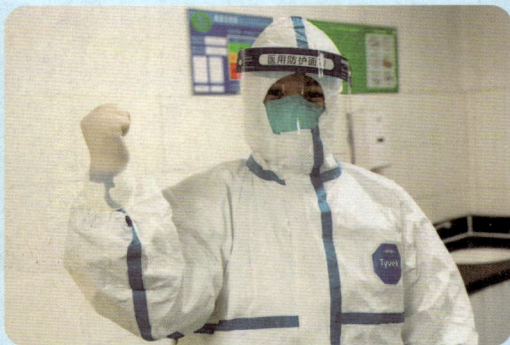

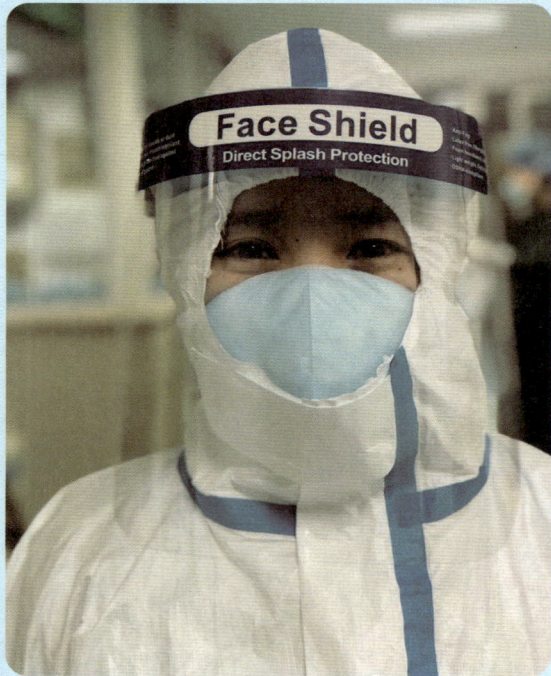

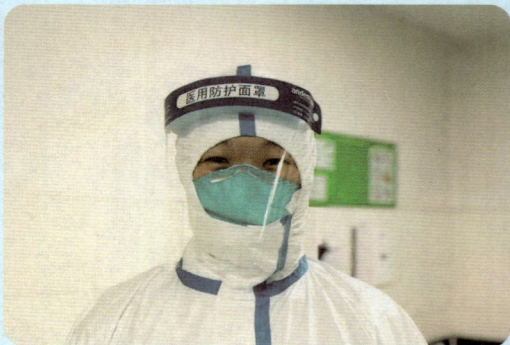

乐观、坚强的金银潭医护人员。

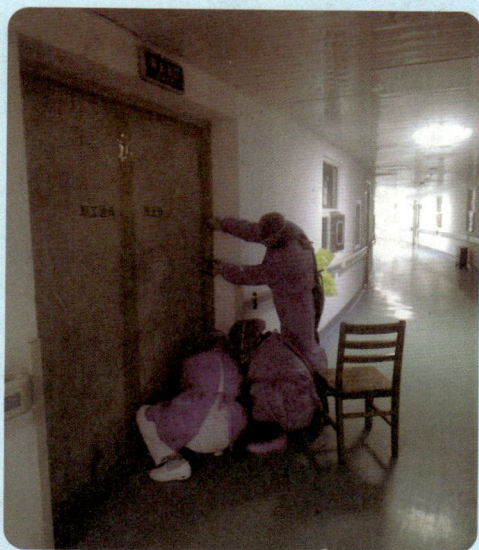

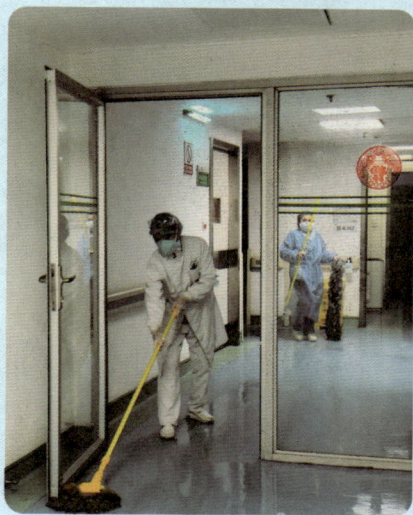

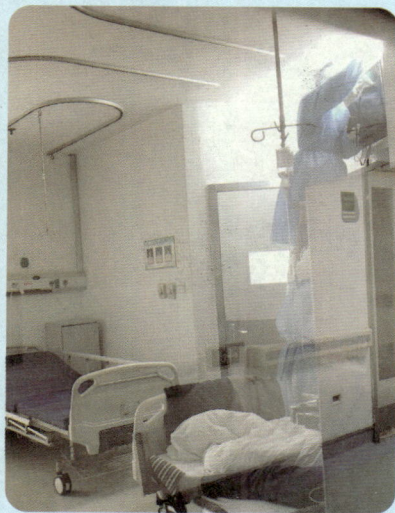

这群可爱的白衣天使，远比我们想象的能干，修厕所、修灯管，都不在话下。

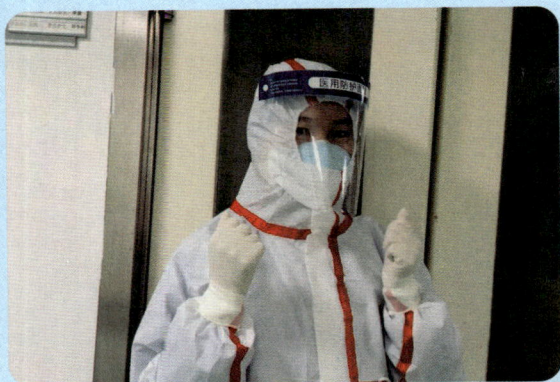

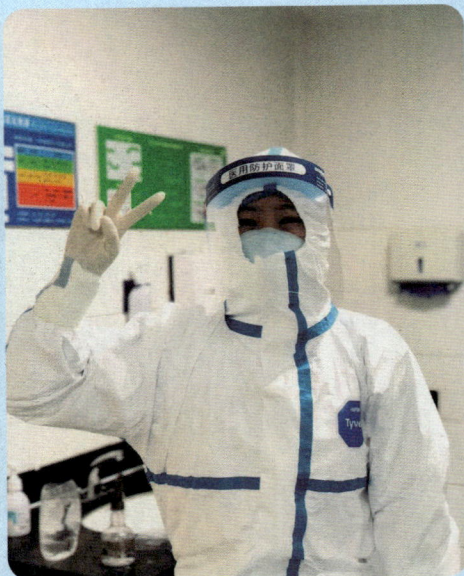

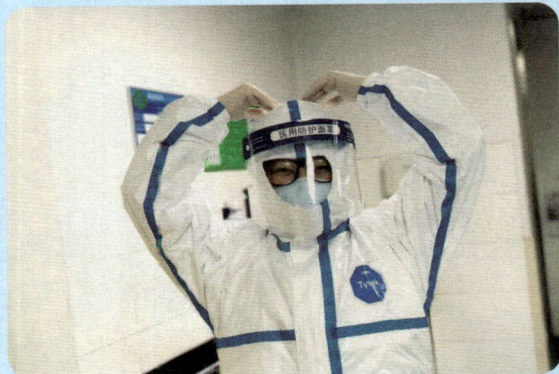

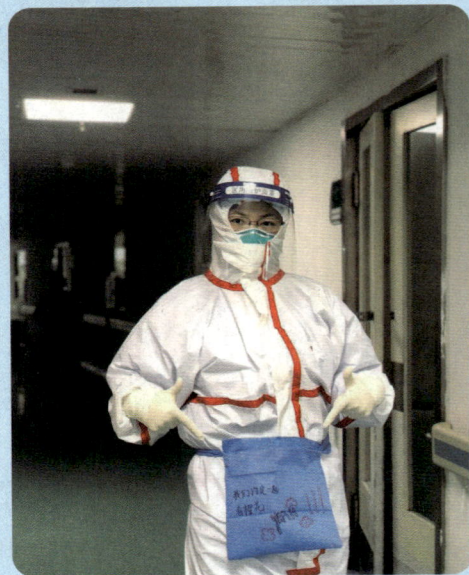

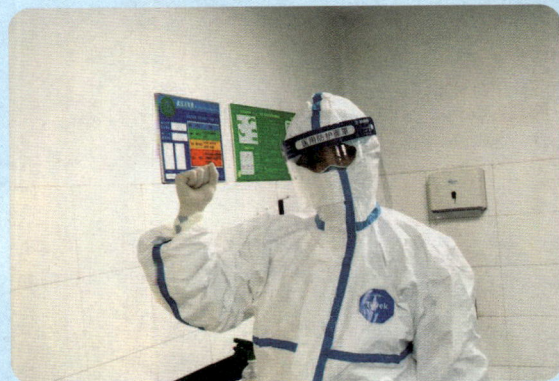

乐观、坚强的金银潭医护人员。

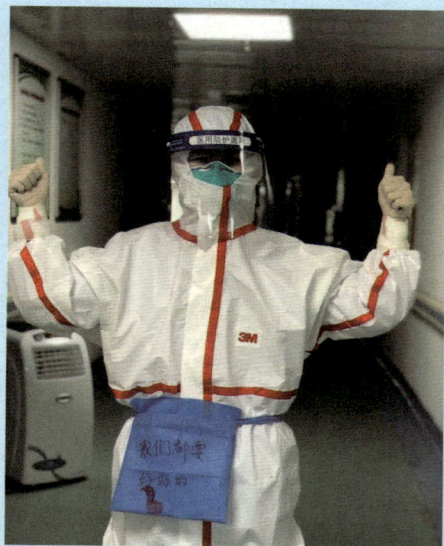

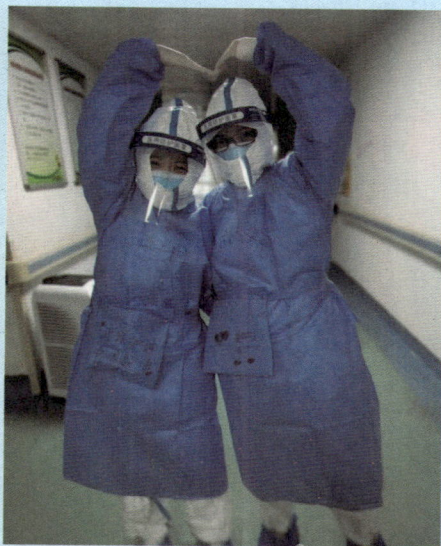

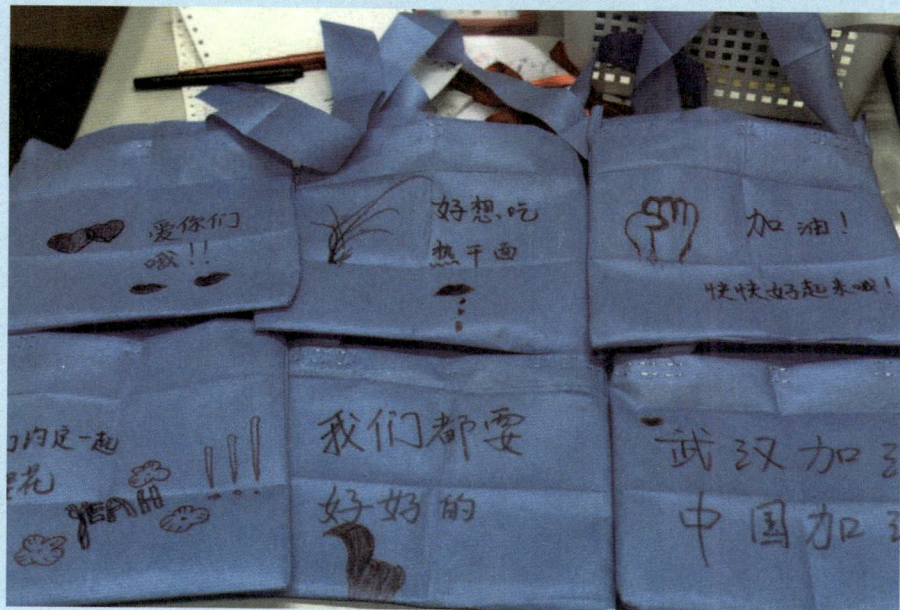

乐观、坚强的金银潭医护人员。

第五章

并肩战斗

　　新冠肺炎疫情肆虐,武汉市金银潭医院作为湖北省、武汉市突发公共卫生事件医疗救治定点医院,第一时间冲在最前沿。全体医务人员毫不畏惧,超负荷坚守岗位,迎难而上,逆风而行。

　　一方有难,八方支援,在疫情防控的严峻形势下,各地医疗队紧急驰援。战"疫"的战场上,他们与金银潭医院的医护人员并肩作战,使得新冠肺炎患者的诊疗质量得到大大提升,挽救了一条条生命。

我们要更加坚定要竭尽所能

——一位重症医学医师的"武汉六日记"

时时面对死亡，每次都要尽最大努力！从诞生之日起，重症医学就与抢救生命密不可分。作为奉命驰援武汉诸多重症医学医师中的一位，首都医科大学宣武医院重症医学科主任姜利1月26日清晨抵达武汉后即进入这次疫情的"暴风眼"——武汉市金银潭医院，坚守至今。

连日来，这位从事危重病医学临床工作27年、参与救治危重症患者数千例、在急性呼吸窘迫综合征等方面积累了丰富临床经验的重症医学医师坚守一线，也坚持写下了"武汉日记"。

第一天 1月26日
到达武汉市金银潭医院：一个一个地梳理患者

一夜火车，早晨7:48到达武昌火车站。费了些周折联系到接站人员，到达驻地武汉会议中心，路上几乎没有车辆和行人。安顿好后，和东南大学附属中大医院党委副书记邱海波、首都医科大学附属北京朝阳医院副院长童朝晖、北京协和医院重症医学科（ICU）主任杜斌，以及几位各地来的ICU医生一起到达武汉市金银潭医院。我和杜斌教授今天去的南六病区，是由普通病房改造的 ICU 病房。部分患者病情危重，还有一些是不稳定的。病区的工作人员来自不同地区、不同医院，专业背景各异，大家认真把管床方式与流程进行了梳理，重新分工，接下来就是一个一个地梳理患者。在穿好防护服进入病区后，人就不能轻易出来，里面的一片纸也不能带出来，和非传染病房的工作方式有很大不同。大半天时间就这样过去了，对要处理的患者也有了初步印象。

第二天　1 月 27 日
内外配合逐渐开始默契

病房早交班是 7:55。驻地离医院大概十来公里，所以一早赶过去。南方天气阴冷。昨夜有患者去世，心中涌上来的悲伤，让我们更加坚定要竭尽所能。今天开始早晚双查房制，为夜班排除隐患，减少可以避免的抢救。我们管理的 9 名患者中，5 名重症、3 名危重，低氧程度远较普通肺炎严重。ICU 医生多花时间在床旁，而金银潭医院的医生帮助完成开医嘱和记病程的工作，内外配合逐渐开始默契。又把整理好的一部分工作流程贴在病区和治疗室的墙上，让大家执行时简单易行。

第三天　1 月 28 日
个子不高的男护士：像病房里的一个"稳压器"

依旧是在阴冽的清晨到达医院。今天我们组有两个"大活"，一名肾衰患者要做血液净化，另外一名则要进行最危险的操作——气管插管。看完患者后，几位医生兵分两路，分别去处理血液净化和气管插管。有了前几次的经验，我们提前把需要的药品事先准备好。不料喉镜又出了问题，在等待新喉镜的过程中，一位个子不高的男护士引起我的注意，他手法娴熟，一个多余的动作都没有，活干得让人看着极其舒服，操作的同时还不停地安慰一旁新来的护士和屋子里焦虑的患者，像病房里的一个"稳压器"。喉镜和负压吸引装置终于来了。管床的小伙子义无反顾地戴上防护头套，像个勇士一样完成了危险的操作，淡然镇静。

午饭时，发现医院宣教中心的老师给我做了个小视频，被学生发到网上。从下午到晚上，涌来了雪片般的问候，家人、朋友、同学、同事，认识的、不认识的……心中暖暖的。

第四天　1月29日
作为同行，这时候能做的唯有鼓励

早晨一过去，得知夜间又有一名患者去世，多少有些沮丧。然而，宝贵时间更要留给活着的人。穿防护服时又被告知，防护用品很紧张，进去一次一定要多完成一些工作。但是，ICU患者的病情瞬息万变，在外面中心台看着像过山车一样的生命体征，恨不得马上到床旁看看究竟发生了什么。然而，现实不允许这么做，只有一遍一遍拿着对讲机，和里面的护士们反复沟通，想办法找到原因并纠正。

下午得到通知，去另外一家医院会诊及看望一名医生，才40岁，他因为病情加重，又和夫人双双染病，很是焦虑。我们看了他的病历资料和肺部CT，心里不免又一沉。好在视频通话时，他居然可以连续说话，不太费劲。作为同行，这时候能做的唯有鼓励。而作为外科医生，40岁正是干事的年龄，希望这

把"手术刀"能够保有锐利。

第五天　1月30日
每个人的防护服上都写着名字和"加油"

刚踏进病区门,就被护士长拉住,说有个小护士喘得不行,让我过去看看。脸上还是外科口罩,就麻烦护士长拿了个N95,我走进护士值班室。1991年出生的小姑娘一边喘一边哭,还在打电话,情绪很激动。我先摸了摸,不烧,心里大概有点数了。算算这姑娘比我女儿只大几岁,能够想象她所承受的压力和恐惧。跟护士长商量后,安排这姑娘休息,查个咽拭子再扫个CT,都是阴性,就踏实了。

因为插管上机的患者多了,进病房前和护士长达成共识,加强气道管理和其他重症常规护理。进病房后,又看到了一些新面孔,每个人的防护服上都写着名字和"加油",都是各地来支援的ICU护士,日间的工作流程明显顺畅了许多。中午,几个情况不太好的患者都逐渐趋于稳定,连日阴天后太阳出来了,大家都心情大好。而好事成双的时候就更令人鼓舞。我们拿到了一箱可视喉镜和一次性叶片,使得这项高危操作的时间得以缩短。

临下班前得知,90后姑娘没发烧,肺部CT也没问题。希望姑娘能顺利回家。

第六天　1月31日
昨天所有的患者都还在

昨天下午到晚上,一共转进来3名患者,都是一进门就气管插管和复苏。值班的周医生来自湖北荆门，年纪不小了，很担心这一夜的工作会让他吃不消。他见到我后很"得意"地说，昨天所有的患者都还在，这是几天来的第一次呢。外科出身的周医生活干得漂亮，昨天给一个下肢皮肤切开减压的患者换药，好好地露了一手。查完房出来已近中午。吃完饭走到院外，阳光洒到身上暖洋洋的，很难得。

回来不久，一位老年患者病情突然恶化，冲进去穿衣服时护士告诉我，别穿黄色的，不透气，还帮助我完美地完成防护，心里很是感动，在床旁协助我的医生完成气管插管和深静脉置管，镇静镇痛。出来后看到几位大教授在等我，赶紧和夜班医生做了交接。临走时，护士长给了一件社会捐助的崭新羽绒服，终于可以回去把我的脏衣服洗洗了。

......

"重症医学的专业使命，决定了我们必将成为此次阻击新型冠状病毒感染的肺炎流行战役中的重症患者生命救治的主力军"，1月29日，中华医学会重症医学分会、中国医师协会重症医学医师分会、中国病理生理学会危重病医学专业委员会共同发布《齐心协力，拯救生命，打赢新型冠状病毒感染的肺炎阻击战——致全国重症医学专业同道倡议书》，作为中国病理生理学会危重病医学专业委员会秘书长，姜利和另外10多位在武汉一线参加救治工作的委员一起，在倡议书中提出"凡为医者，侠之大者，奉命于病难之间，受任于疫虐之际。国有难，招必归，战必胜"，希望全国奔赴一线的重症医学专业医护人员，要坚决打赢疫情防控的阻击战。

（新华社北京2月2日电　记者李斌、侠克、林苗苗）

战"疫"前线的医生心声：
前线保住了，后方才安全

　　口罩、帽子、防护面罩、鞋套等全副武装，戴上双层手套……穿戴完毕，在金银潭医院参与救治的东南大学附属中大医院重症医学科副主任医师潘纯，开始了新一天的工作。

　　潘纯和援助湖北医疗队的医生们，负责金银潭医院五楼病区重症患者的救治指导等工作。病区有 5 位患者，每天都需要医护人员帮助翻身。算起来，一天要翻很多次。穿着包裹严密的防护服给患者翻身，医护人员的工作量要比往常大很多。"每次给患者翻身都需要 5 个医生一起，遇到体重较重的患者，就更费劲了。"潘纯说。

　　在隔离病房里，常常一待就是三四个小时，每次出来时，汗水都湿透衣背。潘纯说："还好现在是冬天，如果夏天穿着防护服待这么长时间，人肯定会更难受。"

　　潘纯 1 月 24 日接到要做好驰援武汉准备的消息，他没有半点犹豫。家里人虽然有些担心，但还是给予了支持。"去吧，穿上这身白大褂，这就是你的职责。我们等你平安归来。"父亲对他说。

26 日 13 时 38 分，潘纯乘坐高铁奔赴抗疫第一线。到达武汉第二天，在经过必要的培训后，立即进入工作状态。

在隔离病房查看患者情况、写医嘱，与同事讨论疑难、复杂患者的救治方案……忙碌了一天，晚上从病区回到住的地方后，工作仍在继续。潘纯还需要通过工作群了解每位患者情况、指导救治。遇到紧急情况，要随时"冲"回患者病床前进行救治。潘纯所在的病区有 13 位医生、19 名护士，和他一样，每个人每天都是"超长待机"工作。

面对的全都是重症患者，经常与感染源"零距离接触"，有没有觉得怕的时候？他说："没有，从来没有。重症医生是挽救患者生命的最后一道关口，就是要到最危险的地方去。从接到任务的那一刻起，就做好了准备，竭尽全力救治每一位患者。只有战'疫'前线保住了，后方才安全。"

回到住处，有空时，潘纯也会给家人报个平安，但他很少说起前方可能遇到的各种风险。来自 7 岁儿子的鼓励，总让他觉得动力满满——"爸爸，加油！早点回来！"

（新华社武汉 2020 年 1 月 31 日电　记者邱冰清、梁建强）

"等疫情结束后，我娶你"

对 1992 年出生的朱瑞而言，今年的情人节有了别样意义。

2020 年 2 月 14 日零点，在金银潭医院值夜班的他突发奇想，用笔在白色的防护服上写上几个大字"邵媚铃：等疫情结束后，我娶你"，旁边还画上了一个爱心。

邵媚铃是朱瑞的女友，两人同为护士，六年前相识。朱瑞说，今年过年原本打算上女友家中"提亲"，不料被疫情耽搁。

朱瑞的表白，不仅传到了千里之外屏幕的另一端，也触动了网友的泪腺。当晚，他发在朋友圈的图片，在微博上"红"了。

"海有舟可渡，山有路可行，所爱隔山海，山海皆可平。"有网友评论。

私人告白突然被"昭告天下"，邵媚铃感动之余，还是提醒他，"把心思更多放在工作上。"

事实上，在武汉的日子并不轻松。这个春节，朱瑞已在福州市第一医院重症医学科值班到了大年初二。当天，组建支援武汉医疗队信息传来，他回家简单收拾了下行李，就随队出发。

如今的他，每天大部分时间在红区（污染区）负责为患者挂瓶抽血检查等，鲜有空闲，"每天确诊的患者还比较多，虽说每天也有患者出院，但还不能掉以轻心。"

在武汉，医务人员的生物钟完全跟着排班走，睡觉时间也不定期，连日的夜班让他有些疲惫。

他说，眼下最大的愿望就是"好好睡上一觉"。

（节选自《"不会期望明天就会好，但相信最终一定是好的"——与三位90后白衣战士的对话》，新华社福州2020年2月19日电 记者孟昭丽、陈弘毅、吴剑锋）

"为了节约防护服同事穿上了纸尿裤"

——湖南支援武汉金银潭医院护士的一线日记

"今天，我看到了用尽全身力气呼吸的感染患者渴望的眼神，这一刻感觉自己能为他们恢复健康献出力量，觉得能来到武汉救治是非常正确的选择……"这是中南大学湘雅二医院血液净化中心护士李婉贞的一线日记。

近日，在国家卫健委统一调度下，中南大学湘雅二医院一支由 5 名血液净化护士组成的国家医疗队驰援武汉，5 名护士分别是侯亦平、黄艳清、李婉贞、钟晓平、刘亮，她们平均年龄 28 岁，是医院的中坚力量。

1 月 27 日下午，李婉贞和同事进驻金银潭医院重症监护室支援，她们的主要工作是为患者提供连续性肾脏替代治疗。李婉贞说："为了节约防护服，我们在穿上防护服之前都要上厕所，并且少喝水，有的同事干脆穿上了成人纸尿裤再穿防护服，这样可以减少浪费。防护服一旦脱下来就不能再用了，少上一次厕所，就能节约一套，所有这一切只有一个目的——减少短缺的防护资源损耗。"

李婉贞在日记中写道："我们被分配到医院的各科重症

监护室，我的工作地点是在一个由病房改成的临时重症监护室，负责护理一些重症患者，能为他们做一些事情，我觉得很有意义。"

湘雅二医院医疗队队长侯亦平说："驰援武汉是一份责任，我们会全力救治患者，圆满完成任务。"

（新华社长沙2020年1月31日电　记者帅才）

这件白大褂其实很沉

"对于未知疾病的恐惧，人人都会有，医护人员脱下白大褂也是普通人。但是，一旦穿上白大褂，真的会感到一种使命感。这件白大褂其实很沉、很有分量。"刚从救治新型冠状病毒感染者一线返回的武汉大学人民医院护士朱庭萱说。

1月7日，正在休息的朱庭萱接到通知，医院要选派人员前往武汉市金银潭医院，支援新型冠状病毒感染的肺炎患者的定点收治工作。

接到通知后，朱庭萱给家里打了电话。

"如果我不去，就需要派别的同事去，他们家里可能有更多的困难。这个任务既然分配给了我，我就应该接受它。父母从小到大都很支持我，这次也不例外。"朱庭萱说。

"妈妈说过，可能我天生就是要从事医学这一行的。"朱庭萱回忆说。小时候，别的女孩子大多喜欢玩娃娃，而朱庭萱最喜欢拿根牙签给别人"打针"。填写高考志愿时，她选择的所有专业都与医学有关。

简单收拾些洗漱用品和换洗衣物，朱庭萱与同事当天下午就赶到金银潭医院报到，第二天开始参加科室值班。

在朱庭萱眼里，在金银潭医院的这段时间和在其他医院里差不多，护士工作都是"三班倒"：打针换药、护理患者、监测生命体征……毕业后到武汉大学人民医院，朱庭萱主动报名担任机动护士，医院里哪个科室需要就赶到哪里。因此，这种火线增援的任务对她来说并不陌生。

在抗击新型冠状病毒感染的肺炎疫情战斗中，护士们在进入隔离病房时需要穿上防护服。"我很幸运自己不是容易出汗的体质。有的同事下班脱掉防护服，里面的护士服整个都被汗水湿透了。"朱庭萱说。

和朱庭萱一起前往金银潭医院增援的杨宇成则没有那么幸运。他说，工作中需要戴上两层手套和两层鞋套，防护面罩上的雾气也常常令他的视线变得模糊。

"刚开始出汗特别多，甚至有一些缺氧的感觉。最困难的是打针，戴上手套后，对患者血管的触感不是很好，而护理工作要求所有操作都必须精确。"杨宇成说。

"除了换药，还要照顾患者的生活起居，帮重症患者大小便。有的患者心里不舒服也会喊，碰到这种情况我们要耐心跟他们解释，开导他们，给他们打气。"杨宇成说。

令朱庭萱最难忘的是同事间的相互鼓励。"在那里工作的同事很多都跟我一样是'90 后'。由于穿上防护服后只能看到眼睛，可能连对方的长相都不知道。但大家在换班的时候，都会互相说一声加油。"她说。

25 日，武汉大学人民医院派出的新一批增援人员启程出发，朱庭萱、杨宇成被接替回来观察、休整。谈到对这一段难得的轻松时间如何安排，朱庭萱简单利落地回答了四个字"看剧、躺着"。

对于是否会重返抗击疫情前线，朱庭萱和杨宇成给出了一样的答案。

"妈妈告诉我，我在一线的这段时间，父亲经常晚上睡不着觉。但是如果需要，我一定会重返岗位。既然选择了这个职业，我有责任去帮助那些患者，分担同事们的压力，这是我的价值所在。"杨宇成说。

"如果我不去，别人就要去，在这份责任面前必须有担当。大家对医生护士一定要有信心，我们不会放弃你们。同时，大家也要好好地做好防护措施。"朱庭萱说。

……

还有很多支援湖北医疗队在武汉市金银潭医院发生的感人故事，未能一一展开，在这里同样向你们致以最崇高的敬意。

（新华社武汉 2020 年 1 月 26 日电　记者王作葵、乐文婉、方亚东）

那些发出的感谢信

　　一方有难，八方支援。自 2020 年 1 月 24 日除夕之夜起，全国各地医务人员紧急驰援，与金银潭人一起手拉手、心连心，并肩作战、攻坚克难，使新冠肺炎疫情得到有效遏制，患者的诊疗质量得到大大提升。

　　金银潭医院发出的一封封感谢信，是感谢和感恩，是问候和致敬，体现的是武汉人民、湖北人民、全国人民勠力同心，众志成城抗击疫情的强大中国力量和中国精神。

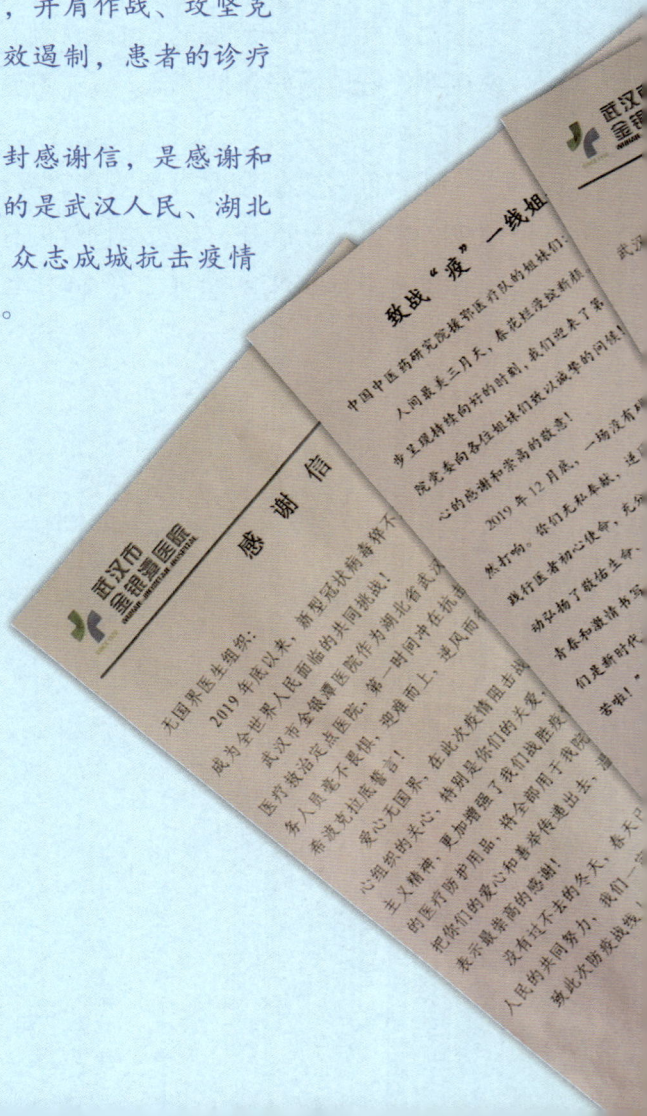

感 谢 信

安徽医疗队：

2019 年底以来，新型冠状病毒肺炎疫情肆虐，一场没有硝烟的阻击战悄然打响。武汉市金银潭医院作为湖北省、武汉市突发公共卫生事件医疗救治定点医院，第一时间冲在最前沿。全体医务人员毫不畏惧，超负荷坚守岗位，迎难而上，逆风而行。

一方有难，八方支援。在疫情防控的严峻形势下，安徽医疗队驰援我院。战"疫"的战场上，因为有了你们优秀团队的加入，新型冠状病毒肺炎患者的诊疗质量得到大大提升。从你们身上，我们感受到强大的中国力量和中国精神，增强了我们战胜疫情的信心与决心。作为医者，生命重于泰山，疫情就是命令，防控就是责任。衷心感谢你们对新冠肺炎疫情防控工作的大力支持，衷心感谢每位援助医务工作者的辛勤付出！

我们坚信，只要勠力同心，众志成城，坚决贯彻落实习近平总书记重要指示精神和党中央决策部署，一定能决战决胜这场抗击疫情的人民战争！

武汉加油！湖北加油！中国加油！

武汉市金银潭医院

2020 年 2 月 16 日

金银潭医院之外

　　当金银潭医院内发生着一连串惊心动魄、感人至深的故事时，医院围墙之外，武汉2100多个社区，数以万计的基层社区工作人员和3.8万名警务人员同样在为守护人民群众的生命安全而战。

　　在历史上，人们从未比现在更关注社区；也从来没有哪座城市，比武汉管控社区的力度还要大。

　　抗击疫情有两个阵地，一个是医院救死扶伤阵地，一个是社区防控阵地。社区胜则武汉胜，武汉胜则湖北胜，湖北胜则全国胜。

2020 年 1 月 23 日，武汉封城首日，乘客搭乘最后一班地铁。（第六章图片除有特殊说明外均为新华社记者冯国栋拍摄）

社区工作的重中之重：
确保 900 万居家市民生活

　　地处中国版图天元位置的武汉，是中国乃至世界上都少有的特大城市。常住人口超过 1000 万，流动人口超过 300 万，总人口数近 1500 万。

2020 年 1 月 29 日，大年初五，武汉的街上几乎看不到车辆。

武汉封城时临近春节，除约 500 万人流出武汉外，全市约有 900 万人口留守江城。

留守人口的稳定与生活保障成了武汉能否取得抗疫斗争胜利的重要一环。

在武汉还没有对居民小区进行封闭管理时，我们探访了地处武汉市青山区钢都花园 123 社区服务中心。

这里是原武汉钢铁公司职工最集中居住的小区之一。

我们到达时，社区工作人员正在分配民政部门刚刚发放的青菜、水果和食品等生活物资。

123 社区成立于 2001 年，位于武汉市青山区二环外，离武汉市中心有一定距离。由于住户多为同单位的职工，这个社区与外界沟通并不像市中心社区那样频繁、密切。

连日来，123 社区加大了各小区发热患者的排查力度和对外来人员的进出管控。小区现有门栋 132 栋，住户 1916 户，常住人口 6312 人，春节期间留在社区的有 4226 人，占常住人口 2/3。其余 1/3 住户在武汉"封城"前就已外出，多是走亲访友。

社区书记赵旭玲介绍，疫情发生后，社区主要在信息发布、生活保障和分级筛查三方面采取了措施：

一是信息渠道要 24 小时畅通。社区工作人员主要通过电话、微信和"微邻里"软件发布权威信息。"微邻里"是武汉市打造的一个便民服务平台。"像我们武汉市发的《致市民群众一封信》和《青山区发给居民的公开信》，还有抗击疫情的相关通告，全部都通过'微邻里'来发布。疫情发生后，平台还新增了发热患者信息上报等功能。对于不常用智能手机的独

疫情期间的社区药店。

疫情期间的社区超市。

2020 年 2 月 1 日上午，武汉市青山区钢都花园 123 社区"天天敲门组"为居民提供服务。

居、空巢老人，社区通过大喇叭确保重要信息通知到位。"赵旭玲说。

今年 49 岁的赵旭玲告诉我们，她的母亲在孝感老家，从春节前一直病危（与新冠肺炎无关），她却由于武汉"封城"和忙碌的工作根本无法回家探望。"母亲去世，我都没法回家。社区的事情太多，4000 多人的生命和安危都必须盯着。"赵旭玲几度哽咽。

我们了解到，和她工作强度类似的基层工作人员并不在少数。基层工作中女同志较多，她们不得不抛下家务事，不分白昼黑夜保障社区运转。一天打 100 个电话是常态。

二是确保生活保障。1 月 23 日武汉实施"封城"后，公共交通停摆、大小餐饮店春节放假，这给社区百姓的生活和出

2020 年 2 月 1 日上午，武汉市青山区钢都花园 123 社区服务中心内的抗疫救灾物资。

行带来诸多不便。这时，青山区打造的民生食堂"社区好味到食堂"发挥了很大的作用，保障了特殊时期社区居民的日常饮食需求。

我们来到食堂探访时，食堂员工正在准备午饭。

一位厨师说，食堂每天能保证至少 2—3 个菜品，每天服务的困难群体有 100 个人，对于行动不方便的独居、空巢老人等，社区还通过"天天敲门组"工作人员，为他们送服务。一袋米、一盒药、一碗热饭……只要群众提出的合理要求，社区工作人员立马响应，为困难群众提供物质上和精神上的定心丸。

同时，社区还配备了 3 辆应急交通车，满足居民出行需求。尹志鸿是"曹操出行"的专车司机，根据社区统一安排，他每天工作 8 小时，穿着防护服，义务开车送社区群众外出买药，或到医院就诊。

三是实施分级筛查。123 社区对发烧居民实施分级筛查。社区居民出现发热情况后，第一时间上报给网格员。网格员先是建立一人一档，再联系社区卫生服务中心进行筛查。如果病情轻微，则指导发热居民在家服药；确实需要到医院门诊看病的，再建议他们去看病。

"疫情来得凶猛，有些居民特别恐慌。加上秋冬季节感冒确实也比较多。刚开始'封城'时，我们每天忙于接居民打来的电话。后来，社区卫生服务中心给发烧的患者开了药，吃了之后，烧降下来了。接到的电话就少了。"社区书记赵旭玲说。

2020 年 2 月 1 日上午拍摄的武汉市青山区"123 社区"的社区好味到食堂。

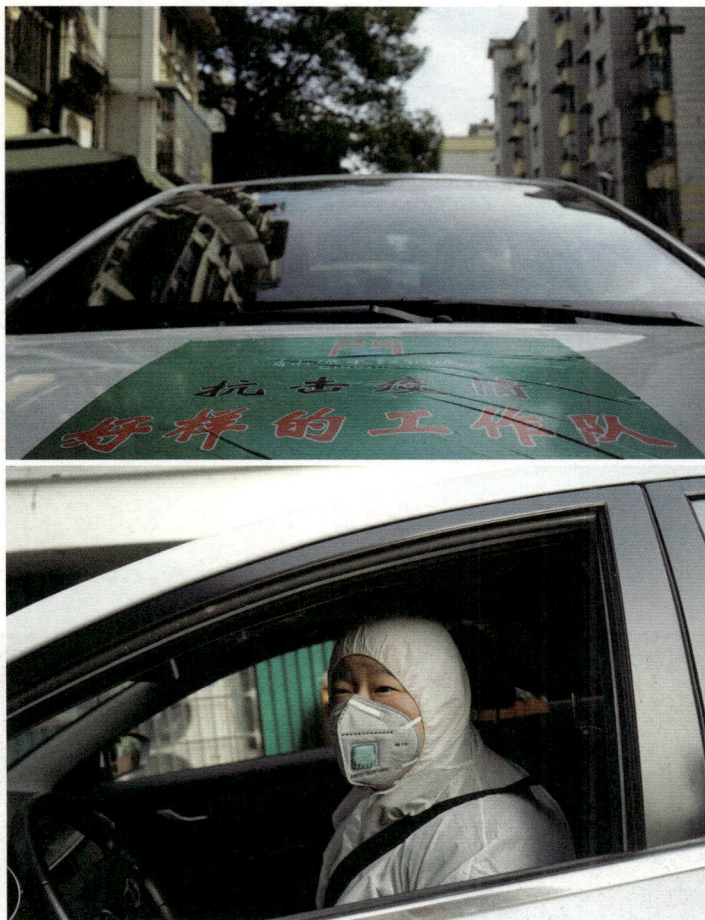

2020 年 2 月 1 日上午，司机尹志鸿为社区提供交通出行服务。

　　谈到抗击疫情的感悟，赵旭玲说："基层的社区干部，对居民是一个安慰，一颗定心丸。做好群众工作就是我的一切，我已融入社区工作的方方面面。沟通到位，保障到位，可以在很大程度上避免恐慌。"

社区书记：我恨不得变成孙悟空

防控疫情，社区是关键。

新冠肺炎疫情发生以来，武汉的每一个社区工作者，都奋战在抗疫一线。

董守芝是江汉区唐家墩街西桥社区书记，这个社区距离华南海鲜市场不足两公里，居民有 16000 多人，防控难度可想

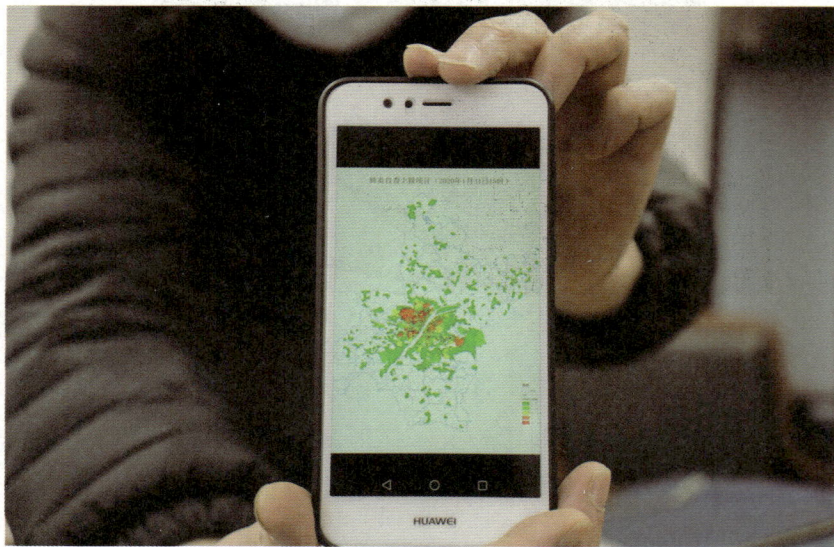

武汉疫情热力图，红色部分为发热患者聚集区。

2020年2月17日下午，武汉市江汉区唐家墩街西桥社区对人员进行排查。

而知。

从1月23日开始，她就夜以继日地投身工作，开通社区之音、开展拉网式大排查、对社区进行封闭式管理……董守芝表示，每天能接100多个电话，恨不得变成孙悟空，多分几个身出来，为自己做事。

以下是董守芝的讲述：

我是西桥社区书记，从1993年开始，就从事社区工作。

目前，我所在的西桥社区有两大特点：人多、老旧小区多，管理难度非常大。社区常住人口有16000多，7351户居民，社区里有11个老旧小区，442栋平房区，有物业管理的小区只有6个。

社区的工作人员有25名。疫情发生以来，我们一直在防控一线。面对小区的各种状况，我和同事们也会感觉压力很大。

后来，来了 59 个区机关干部，他们下沉到一线，帮我们解决了很多难题，分摊了许多压力。小区封闭之后，他们也派人到路口值守。

1 月 23 日封城之后，我就一直没有休息，投入到疫情防控一线工作当中。疫情发生以来，我们社区主要采取了三个措施——

第一，开通社区之音，滚动播报各类通告和提示。我们把省市发布的公告和疫情提示，在广播里循环播放；第二，开展拉网式大排查，通过网络上报和电话的方式，及时发现发热患者，准确上报；第三，进行封闭式管理，原来的 37 个路口，现在只剩 17 个开着，每个路口都有志愿者值守。刚开始，很多居民不理解，感觉出入不便，但我们还是尽最大努力向大家解释，让他们理解。

西桥社区党群服务中心。

了解到社区内有 500 户特困人员，包括生病的患者、隔离人员、老人和一些困难户。我和同事们上门送药、送粮油、送菜、送关爱。每天，我和同事们平均要给一百多户居民送菜、送药，保障居民的日常生活物资。

前段时间，从社区旁边的酒店打来一通求助电话。

原来，这是住在酒店的一家三口，他们是红安县人，是年前到武汉儿童医院给孩子看病的。

1 月 23 日封城，他们就回不去了，一直在酒店隔离，现在已经弹尽粮绝了，连给孩子买奶粉的钱都没有。

接到消息，我和同事们就在社区拿了一些防护用品，包括本就不够用的口罩，还有方便面等食物送到酒店，还帮他们申报了 3000 元的救济金，心想起码孩子买奶粉的钱是有了。

疫情发生之后，我每天都得接 100 多个电话，手机 24 小时开机，就怕漏接一个电话。从年前开始，每天 19 个小时都在工作，真正休息的时间只有五六个小时。

现在恨不得自己变成孙悟空，一根汗毛就能变一个分身，这样就能有精力去做更多的事情了。

社区工作压力很大，最近几天，我接到同事打来的电话，她在电话那头哭得很厉害。我年纪比他们大点，遇到这种情况我会安慰他们，然后大家再一起继续投入战斗。

现在，我有个心愿，就是希望疫情赶紧过去。等疫情过去之后，我就找个有山的地方大睡三天三夜，好好休息一下。

拉网式大排查

　　"请大家按登记表全面排查。住址、姓名、联系电话要登记好。情况特殊的要备注清楚。"2月17日下午，我们再次来到唐家墩街西桥社区时，董守芝和20多位社区工作人员正在开会布置任务。

　　当天，一场为期3天的拉网式大排查在武汉3300多个社区、村湾同步展开。

　　"有人在家吗？"在西桥社区三眼桥一村小区，网格员易君与社区派出所民警熊松，以及下沉到社区的3名特警对一处出租房进行排查。房东说，春节前几天，里面的租客一直咳嗽，"这几天没听到动静，担心他出事。"

　　开门的是位小伙子。易君先用无接触式体温仪测量了他的体温，确认没有发烧，随后又详细询问了他的健康状况。民警核验了租客的身份，叮嘱他待在屋内不要出门。临走时，易君登记了租客的电话，"遇到问题请跟我联系。"

　　西桥社区是"万人社区"，因距离最先发现疫情的华南海鲜市场不到两公里，疫情较重。

　　董守芝说，春节至今，社区深入宣传"发热不上报"的危害，广泛发动居民通过电话或微信平台，主动上报发热情况。

　　"这次拉网式大排查，目标是确保不漏一户、不漏一人。重点排查与新冠肺炎相关的所有人员，还包括危重在家的基础病患者，比如尿毒症透析患者、恶性肿瘤、其他疾病重症患者，以及孕产妇。"董守芝说。

　　武汉市要求本次排查要做到五个"百分百"：确诊患者百分百应收尽收、疑似患者百分百核酸检测、发热患者百分百进行检测、密切接触者百分百隔离、小区村庄百分百实行 24 小时封闭管理。

　　"董主任，我在电视上看到你了，你现在怎么瘦得这么狠哪？我年纪大了，不能给你帮忙，我一点力都出不了。我老伴说我，这么大岁数了，待在家里不给社区添乱，就是给董主任帮忙了。你要保重身体啊！"

　　一通来自 90 多岁的叶婆婆的电话，让董守芝倍感暖心。新

2020 年 2 月 17 日，武汉市江汉区唐家墩街西桥社区民警正在展开排查。当天，一场为期 3 天的拉网式大排查在武汉 3300 多个社区、村湾同步展开。

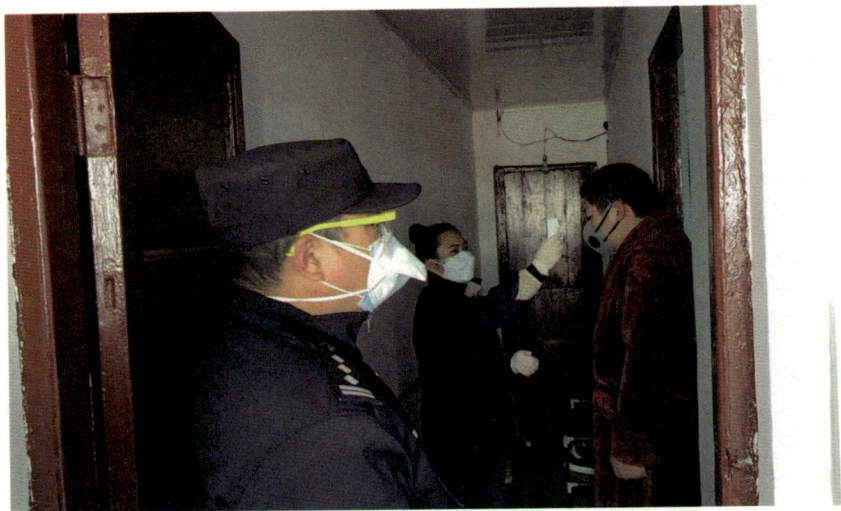

2020年2月17日下午，武汉市江汉区唐家墩街西桥社区网格员易君（中）、社区人员和派出所民警熊松（左一）对出租房进行排查。

冠肺炎疫情发生以来，董守芝一直奋战在社区防控一线。从年前开始，董守芝和同事们就开始在社区清楼道、清屋顶、清死角，做大扫除，用消毒液在整个社区开展消杀。

社区是疫情防控的第一道防线。疫情蔓延后，西桥社区里，社区群干与街道相关部门、物业公司、志愿者、网格党支部成员、社区卫生服务中心等通力协作，各方力量拧成一股绳，确保服务不断档。

给董守芝底气和信心的，还有来自家人的关爱。董守芝的老伴身体不好，但总是力所能及地帮她做点事。只要她一到家，老伴总会叮咛她加强营养、注意休息，又给她冲热水袋，暖手暖脚。

"自己年龄大了，又患有高血压，儿子儿媳不想让我太操劳。

他们很担心我，一再叮嘱我要照顾好自己。"董守芝说，每天看看3个月大的孙子的照片，是一种特别的慰藉。

没有一个冬天不可逾越，没有一个春天不会到来。

说起疫情结束后社区的优先事项，董守芝不假思索："安排好值班，让同志们都休息一下，让他们养好元气再来投入工作。"

2月22日清晨6点，年过六旬的董守芝已出门，步子又快又急。

一个多月来，身为武汉市江汉区唐家墩街西桥社区书记的她，没睡过一个安稳觉。

疫情中，中老年人是高危人群，但董守芝像年轻人一样，楼道消杀、入户排查、上门送菜，样样抢着干。

"从1993年开始，我就在这个社区工作了，对每家每户、一草一木都很有感情，这个时候，绝不能退缩。"董守芝说。

西桥社区地处老城区，城中村密集。除11个老旧小区、3个自助物业小区外，还有422栋平房，65岁以上居民占八成，不少居民不会上网"团购"。实行封闭式管理后，这些居民的生活所需全靠社区配送。

24名社区干部，加上50多名市、区下沉干部和党员志愿者，承担着16000多人的柴米油盐和日常管控，任务繁重。

2月21日，她联系到一批蔬菜送到小区。

运菜车刚停稳，她就带领大家，一口气将满满4卡车蔬菜运进社区，3小时没歇气。送菜司机钦佩地竖起大拇指："西桥的女将，真厉害！"

"小周，你把这些药先拿去，给你妈妈用，社区里的药回来后，再给你们送些去。"2月22日下午2点，董守芝拿着倍他乐克、波立维、可定等降压药，打电话给无线电厂小区居民周汉胜。

董守芝说，周汉胜的母亲患有高血压，家中储备的降压药吃完了。防疫管控措施升级后，这类药只能由社区统一到定点医疗机构领取。

"上午，赶去取药的社区干部打电话回来说，前面还有80多个社区在排队，不知道要等多久才能领到。"深知此类药物不能停，她便从自己每天服用的降压药里，匀了一些出来，给周汉胜家"救急"。

在董守芝看来，为群众办事，不仅要办成，更要办好，"这个时候，我们社区干部再难也要顶上去！"

新冠肺炎疫情发生以来，武汉社区干部一直奋战在防控一线，倾情服务站好岗，用"身心投入"的方式，书写着社区抗疫的"答卷"。

这是一场没有硝烟的战争，也是一个争分夺秒的"考场"，需要筑牢基层堡垒，守好社区这个"第一防线"。

社区"守门员"的感悟

在这场历史罕见的封城抗疫中，武汉的社区书记就是社区的"守门员"，是武汉基层居民的杰出代表，代表着900万武汉人在这场抗疫斗争中作出的奋斗与牺牲。

当好抗击疫情"守门员"，为民着想。"一切为民者，则民向往之"，以百姓之心为心才能够做好疫情防控的工作。把群众安危放在首位，为群众渡过疫情难关多想一些，才能在服务群众过程中动作更快，方法更全面。开通社区之音，滚动播报各类通告和提示；组织居民线上学习传染病防治方法；科学防控疫情，消除心理恐惧……社区做到了"一切行动听指挥"。

当好抗击疫情"守门员"，善于服务。疫情防控虽是突发的应急工作，也是对平时服务功底的一种检验，只有在日常工作中沉到群众中去，和群众打成一片，各项工作才能扎实深入地推进。坚持依法防控、科学防控、精准防控，坚持群防群控群治，坚持依靠群众，为疫情防控注入了强大力量。

当好抗击疫情"守门员"，勇于担当。落实有力，抗疫成效才高。把测体温、做宣传、消毒杀毒等具体工作落在实处，聚焦靶心，提高精度，尽力消除疫情防控可能出现的各种潜在危险。

武昌区大东门社区发放蔬菜时的场景

武汉市汉阳区江欣苑社区书记胡明荣（右一）在现场协调外界送来的爱心菜。

　　只有顾群众之所顾，急群众之所急，关注民意，回应民意，顺乎民心，才能答好这场"人民问卷"，战胜疫情防控阻击战。

"老武汉"的家国情怀

黄鹤楼檐角上的积雪已融化，蛇山脚下，店铺林立的老巷子冷冷清清：户户大门紧闭，门口、窗台横七竖八晾晒着被褥，偶尔几只麻雀落在巷子觅食……

这是2月19日，武汉"拉网式"疫情大排查最后期限时，武昌区中华路街的情景。

地处黄鹤楼脚下的中华路街，是武汉三镇最古老、最繁华的街区之一。如今，这里家家关门闭户，一片沉寂。

和社区工作者一起冲在抗疫一线的还有武汉3万多名警务人员。

"有人在家吗？"民警罗锡梦敲开了得胜桥巷一家小店铺的门。

开门的老人名叫江昭全。"老江你好，我们正在做社区疫情排查。请您配合。"民警罗锡梦说。

社区网格员刘慧澜用体温计测量老人的体温，显示未发烧。随后她又询问了老人最近的健康状况。

在这一老城区，云集了武汉有名的户部巷和得胜桥等众多历史商业老街。

得胜桥保留了上世纪七八十年代的风貌，是老武昌城历史的缩影。

街道社区住户多是上了年纪的老武汉人，在此居住同时做点小生意。

这一人口特点，让中华路街成为疫情防控的重点区。

70 岁的江昭全在这里做了 30 多年的泡菜，有人说他是中华路"泡菜大王"。

他说，疫情发生后，他的店铺就关门了。1 月 23 日"封城"至今，他没有出过一次社区。

武汉市公安局武昌区分局中华路派出所所长邱传会说，中华路街西城壕社区实有人口 7000 多人。一周前，这里小区全部封闭，只留一个出口，方便老百姓领取网购的蔬菜和必需品。

"生意和生活受影响，这是肯定的。"江昭全说，"这不是哪一家店铺、哪一个家庭的小家的事，是国家大事。国家有难了，现在不是去考虑小家的时候，不会去考虑泡菜。响应号召是必须的。等国家好了，小家也会更好。"

在武汉 3300 多个社区、村湾，武汉老百姓怀着"匹夫有责"的情怀，积极响应、配合"不出门"号召，负重等待战疫胜利的时刻。

最可靠的警务力量

截至 2 月 25 日 17 时，湖北公安机关已有 293 名民警、111 名辅警确诊感染新冠肺炎，4 名在职民警因感染新冠肺炎身故。这是公安战线抗击疫情作出的巨大牺牲。

新冠肺炎疫情暴发后，武汉市公安局启动最高等级勤务、最高等级研判、最高等级响应，全员停休，全力投入疫情防控阻击战。

1 月 23 日，武汉市防控指挥部发布 1 号通告，实施特殊管控措施。武汉市公安局用 3 小时紧急调动数千警力，加强天河机场、三大火车站、长途汽车站的宣传引导和现场执勤。关闭离汉通道后，现场有序疏散滞留乘客，负责驻守的特警、巡警开展 24 小时巡逻，保障"一场三站"秩序平稳。

武汉"封城"后，驰援武汉的入城车辆最高峰时日均 9 万辆 / 次。武汉市公安建立抗疫物资"绿色通道"，加强专班运作，在武汉 4 个方向分别设置 7 条绿色通道，建立微信工作群，及时推送车辆和驾驶员信息，保障车辆"进得去、出得来"。同时武汉公安建立省、市、区三级联动机制，完善与市交通、经信等部门联动机制，确保高效保障城市基础供应"生命线"。

为了维护医疗秩序稳定，武汉公安对定点医院、发热门诊进行重点守护，维持各医院及周边秩序。在"火神山""雷神山"医院建设期间，武汉公安加大工地及周边治安巡控和交通疏导力度。火神山医院建成后，武汉公安成立火神山医院警务室，维持医疗秩序。

在社区拉网式大排查中，民警协助社区为居民出入测量体温、发放防控宣传单、转运发热患者、化解疫情中发生的邻里纠纷矛盾、开展了预防肺炎疫情重点地段的社会治安日夜巡逻等工作，为分担街道、社区抗疫压力贡献力量。

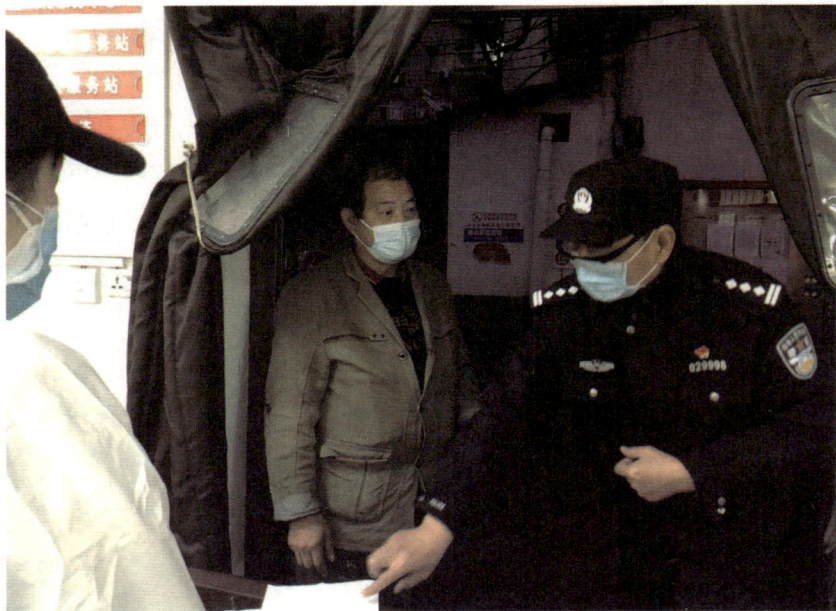

民警皮明伟（右一）在社区巡查人口信息。

特警在执勤中。

在为期 3 天的拉网式大排查中，武汉公安协助排查、转运、送治"四类人员"3502 人。

这些"四类人员"包括确诊患者 559 名、疑似患者 820 名、发热患者 283 名、密切接触者 1840 名。

这些人员是武汉公安出动 6811 名民警、发动 14900 名社区群干等群防群治力量，通过入户、电话、网络等手段在全市社区和村湾中排查出来的。

"我的责任要求我这么做"

　　吴培勇，51岁，武汉市公安局东湖新技术开发区分局九峰派出所所长。

　　疫情发生后，吴培勇投身抗疫一线。他一次次往返于患者家庭和医院，为的是把确诊和疑似患者尽快送医，阻断病毒传播渠道，减少交叉感染。

　　"吴培勇同志是在工作中被感染上新型冠状病毒的。"武汉市公安局东湖新技术开发区分局九峰派出所副所长曹奕说。

　　2月1日15时，一位63岁的施姓大爷被确诊感染新型冠

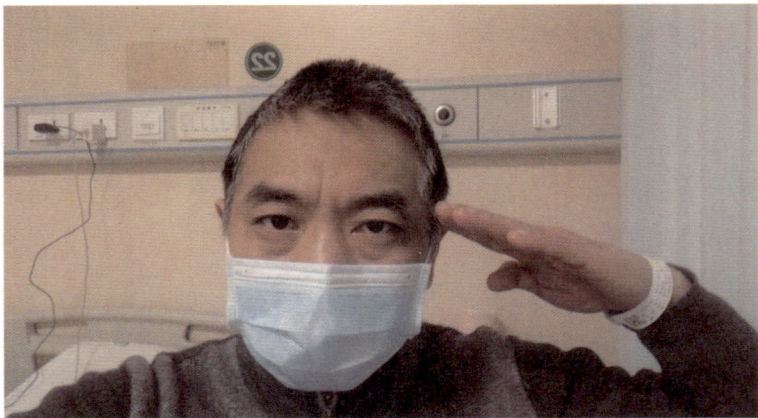

病床上的吴培勇。

状病毒感染的肺炎后，直接往诊室的诊疗床上一躺，不走了。

排队候诊的人很多，施大爷的滞留会增加其他患者感染的风险。吴培勇安排一部分警力帮助就诊人员排队就医，快速恢复就诊秩序。另一部分警力向其宣讲法律和相关健康知识，求得这位大爷的理解后，将其转入定点医院配合治疗。

像这样的高风险警情，吴培勇接连处置了多起。

2月3日上午，他在巡查中接到驻社区民警刘克诚的电话，反映已被诊断为高度疑似患者的宋某在社区里活动。

吴培勇迅速与九峰街道办事处取得联系，通报警情，明确联勤联动分工处置。

他带队快速搜寻，发现宋某已回家中，于是追至宋某家门口，当面询问病情，了解治疗情况，督促其做好自身防护，遵守隔离要求，防止交叉传染。

他还现场帮助宋某解决治疗所需的药物，让宋某十分感动。当天凌晨，吴培勇还在同济医院光谷院区发热门诊维护医院秩序，一直持续工作到天亮。

自1月21日以来，他参与转送确诊、疑似病例69起，在同济医院光谷院区一线高危区域处置警情25起。

2月10日，吴培勇突然感觉身体不适，当被送医检查时，他已出现反复发烧并伴有咳嗽症状，随后被确诊。

吴培勇的爱人蔡国平在武汉铁路局工作。结婚23年，她对吴培勇感受最多的就是"忙"。她说，他工作起来特别认真，结婚后，他在一线工作经常加班到深夜。

"应该就是那段时间工作辛苦加感冒，他的免疫力下降了，让病毒趁机入侵。"她经常打电话给吴培勇，叮嘱他"医院这

吴培勇（中）在执勤。

么重的疫情，你总是第一个冲上去，可要当心自己的身体！"

吴培勇却说："不恐惧是假的。但我不以身作则冲锋在前，如何发动所里的同志们主动抗疫？我的责任要求我这么做。"

听闻丈夫感染了新冠肺炎，蔡国平没有任何抱怨。同为党员的她说："你上一线，我们支持你。你病倒了，我们以你为荣。家里的事情你不用担心，我们盼着你快点好起来。"

为了鼓励丈夫振作起来，蔡国平把多年来的家庭生活照片，一张一张发到吴培勇的手机上，回忆幸福美好的时刻，激发他战胜病魔的信心。

吴培勇的儿子吴铭轩说："爸爸是我的榜样！"

吴铭轩正在湖北警官学院读书，他说自己的愿望就是成为一名人民警察。得知父亲不幸感染病毒的消息，他发短信给爸爸加油打气："爸爸，我为你骄傲，你安心养病，配合医生把病治好，我会保护好妈妈。等你好了，我还要和你切磋擒拿制敌。爸爸加油！"

承父志，奋战在疫情防控一线

"老赵，您又来了啊。"一走进先锋社区，居民陈大姐老远就冲着赵勇喊。虽然戴着口罩，但陈大姐的话语还是透着那股热情。

"哟，买菜去了？最好再多买一点，尽量少出门啊。"赵勇说。

59岁的赵勇是武汉市公安局江岸区分局大智街派出所社区民警，今年9月就将退休。

1月10日，87岁的父亲因上呼吸道感染住院接受治疗。身为家中的长子，赵勇却无法在父亲床前尽孝。

2月5日，赵勇收到妹妹发来的一张图片，图片是1月23日武汉"封城"当天父亲给他手写的一封信。作为老党员的父亲在信中鼓励他，要"发挥共产党员先锋模范作用、人民警察爱人民的优良传统，夺取阻击疫情的全面胜利"。

疫情发生以来，尤其是武汉"封城"以后，赵勇一直吃住在派出所，克服年龄大、负担重等困难，配合社区开展抗疫宣传、摸排"四类"人员、帮扶困难群众，5次主动请缨参加转运患者工作，奋战在疫情防控一线。

2月13日，湖北省公安厅决定，给在抗击新冠肺炎疫情中表现突出的武汉市公安局江岸区分局大智街派出所三级高级警长赵勇同志记个人二等功。

先锋社区包括先锋责任区和义成责任区两部分。

赵勇负责的先锋责任区有 700 多户、1600 多人。在先锋责任区门口，社区保安把大伙拦住了。

"请先检测体温，进行消毒！"一名 20 多岁的小伙子站在门口，手拿测温枪挨个给大家量体温。

先锋责任区是一个开放式小区，包括三个小区，一共有 4 个出口。武汉市部署小区封闭管理后，赵勇和社区干部一起将其他 3 个出口封闭，只保留了这一个。

"这样管理是为了阻止闲杂人等随意出入，避免交叉感染的风险。"赵勇说。疫情发生以来，赵勇通过社区网格员微信群，联络、指导网格员开展社区排查、管理工作。

大年初五，赵勇接到社区发来的信息，发现社区有一名疑似患者，"请协助开展工作"。

接到任务后，赵勇第一时间赶往这名住户家中。讲政策、说利害，经过赵勇前后三个多小时的工作，这名疑似患者自己主动前往集中隔离点接受观察。

先锋责任区有一个集中隔离酒店。在酒店旁边，派出所按规定设置了执勤岗。赵勇和同事全天 24 小时轮流值守。

"到了这个岁数，您的身体吃得消吗？"

"吃得消！我是一名老共产党员，必须顶上去。"赵勇说。

赵勇 1978 年入伍，1999 年转业加入公安队伍。在部队服役期间，他曾荣立个人三等功一次。在参加公安工作后，他先后荣立个人三等功 2 次、获个人嘉奖 10 次，多次获得"优秀公安公务员"荣誉称号。

"我在医院就待了 1 个半小时。"1 月 10 日夜，赵勇趁着换班的间隙到医院看望住院的父亲。当天，父亲因为上呼吸道感染被送医接受治疗，"当时他的一些症状和新冠肺炎患者有些相似，我们非常担心"。临走时，他给父亲打了两瓶开水放在床头。

当时，疫情形势越发严重。赵勇对父亲说："我这一去可能很多天都不能来看您了，还请您老理解。"

"我这边有你妹妹，你放心去吧。"父亲对他说。

"父亲生病后，一直是我妹妹照顾，我没有尽到当儿子的责任。"说到这里，赵勇的眼睛里有些愧疚的神色。

赵勇的父亲赵润庚是一名老军人，老共产党员。当年参加过解放大西北的战斗。

"在战斗最激烈的时候，父亲曾经一晚上从战场上转运了20余名伤员。"赵勇说。

"我为父亲感到骄傲！一定不负他的期盼，全心投入到抗击疫情的战斗中！"2月5日，看到妹妹发来父亲手书的家书，赵勇眼眶发热。

妹妹对他说："父亲怕影响你工作，所以写这封信给你加油鼓劲。"

上世纪80年代我国南部边境形势紧张时，正在部队服役的赵勇也曾主动请战。

"当时父亲也是鼓励我忘掉后顾之忧、主动参加战斗的。"赵勇回忆。

如今，父亲已经痊愈出院，由赵勇的妹妹照看。

"父亲和我都是军人，都是共产党员。"赵勇说，"我一定不辜负他老人家的期望，不给他丢脸，奋战到抗疫胜利那一刻，努力为打赢疫情阻击战贡献自己的一份力量。"

"疫情不退，绝不休兵！"

春节小长假过后的几天，武汉一度连续阴雨，空气中弥漫着潮湿的水汽和消毒水的味道。

往日喧嚣的百年老街统一街非常安静。大家都待在家中，几乎没有人出门。

"社区消毒，门窗关好！"武汉市公安局江汉分局民权派出所打铜社区警务室民警李德胜与协警、社区干部从街边商铺开始，一路打着铜锣，挨家挨户消毒。

李德胜戴着口罩，双鬓花白，眼睛里透着血丝。再过4个月，他就满60周岁了，然而此刻他依然战斗在抗击疫情最前线。

"疫情不退，绝不休兵！"李德胜说，打铜社区是老旧社区，疫情较为严重。从1月23日开始，他已和社区工作人员一道先后转送14名确诊患者入院医治、运送30余名疑似患者到隔离点隔离。

按照上级要求，确诊患者、疑似患者、发热患者、密切接触者"四类人员"实行分类收治和隔离观察。连续几天的奋战，李德胜和社区工作人员已将全社区"四类人员"全部转运到了收治医院和隔离点。

"'四类人员'转运走了，但消毒工作不能停。"李德胜说。

"这次抗击疫情，老李的作用可大了。"打铜社区党支部书记、居委会主任倪娟说。

讲起李德胜的战"疫"故事，倪娟的话就停不下来。

2月8日，一位女士从外地给社区干部打来电话，说她一直联系不上一个人在家的老父亲，担心出事。李德胜听说后立即前往。敲门敲了半天，却没有人回应。

李德胜踹开门，才发现老人倒在家中，昏迷不醒，于是拨打120、通知家属、搬运老人。直到把老人送到医院，李德胜悬着的心才放下来。

"你年龄大了，也容易感染病毒。况且马上就要退休了，多休息，何必这么拼命？"有人劝李德胜。

"这不行。"李德胜说，"我从警20年，在这关键时刻，疫情不退我不退休。"李德胜整理了一下警服，继续带领安保队员挨家挨户消毒。

"国难当头，必须全力配合"

武汉市明令实施小区封闭管理后，绝大多数社会面矛盾和风险隐患落到社区这一层级。

2月24日，武汉市7148个小区已封闭管理10天，居民焦虑情绪开始显现。连日来，武汉发生多起因出行、购物、生活保障等原因引发的居民与小区物业、社区工作人员的冲突。

10天前，武汉市新冠肺炎疫情防控指挥部发布通知，明确武汉住宅小区封闭管理主要措施，要求住宅小区一律实行封闭管理，小区居民出入一律严格管控。事实上，自1月26日武汉发布机动车禁行令后，大多数市民就一直待在家中。

小区全面封控措施实施以来，武汉市防疫指挥部门采取一些相关措施，包括号召居民生活物资保障通过网上采购、商场超市配送等方式进行，下派干部和社区工作人员也为居民提供买菜、买药、购物等基础性服务。2月23日开始，武汉市又开展疫情防控"志愿服务关爱行动"，在全市范围内专项招募志愿者，为封闭小区的居民提供食品药品代购、代送等服务。市民报名踊跃，网上报名人数已突破万人。

但是，小区全面封控以后，部分小区居民出现焦虑。武汉市公安局统计显示，自2月17日至今，武汉市公安局查处涉及违

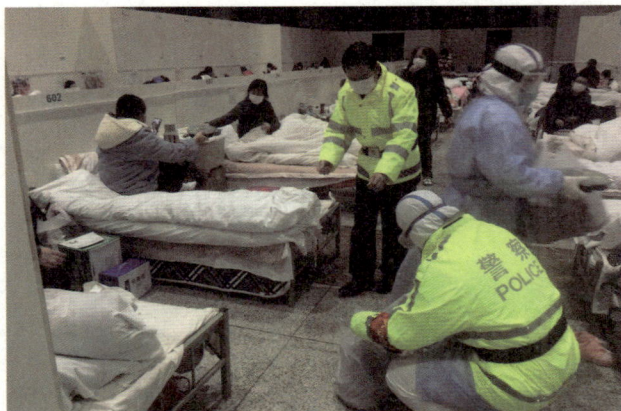

2020 年 2 月 12 日，在方舱医院接受治疗的民警周健为缓解医务人员（三级防护服、行动不便）工作压力，帮助分发食物。（武汉市公安交管局供图）

反小区封控规定的治安类案件十余起，多人被拘留、警告或罚款。

梳理相关案件可以发现，主要原因是居民急于外出，与小区保安发生冲突。例如，有居民为其患病父亲购买食品冲闯卡口，有的在家无聊出门在小区内闲逛，有的拒不配合检查而打伤防疫工作人员。

2 月 19 日，武汉大型商超不再对个人开放，社区居民通过微信群团购并集中配送。由于这项措施没有先例，很多居民团购买菜一波三折。反馈的突出问题包括：菜品质量不行，数量有限，有时会遭遇缺斤短两。部分居民因此对社区工作人员意见非常大，纷纷在微信群抱怨。但大多数居民对此表示理解："国难当头，必须全力配合。"

2 月 24 日，武汉气温升至 20 摄氏度上下，让居家久住的 900 万武汉市民感受到了春天的气息，也升起了解禁出关、在春天里畅游的希冀。

战斗到最终胜利的那一刻

风浪之中识舵手，压力之下见英雄。

面对突如其来的新冠肺炎疫情，以张定宇为代表的金银潭医院医护人员勇于担当，坚守岗位，一直奋战在抗击疫情的最前沿，在打赢疫情防控阻击战中发挥重要作用，用实际行动书写了对党和人民的忠诚。

2020年2月4日，湖北省人力资源和社会保障厅、湖北省卫生健康委员会给予疫情上报"第一人"张继先和金银潭医院院长张定宇记大功奖励。同一天，武汉市人力资源和社会保障局下发文件，给予武汉金银潭医院院长张定宇记功奖励。此前的1月31日，湖北省委发出《关于授予张定宇同志"全省优秀共产党员"称号的决定》。

2020年3月4日，金银潭医院获得"全国卫生健康系统新冠肺炎疫情防控工作先进集体"称号。

疫情防控阻击战仍在继续，金银潭医院将会是战"疫"最后结束的地方——随着疫情缓解，其他的综合医院在收治工作结束之后，都会将患者送往金银潭医院集中救治。金银潭人将坚守至最终胜利的那一刻。

3月的武汉，和风微熏。

东湖的桃花和武大的樱花，如期含苞。

江城湿润的空气中，已在有意无意间，散发出春天的气息。

中国发布新冠肺炎疫情信息、
推进疫情防控国际合作纪事

　　新冠肺炎疫情，是新中国成立以来发生的传播速度最快、感染范围最广、防控难度最大的一次重大突发公共卫生事件。面对来势汹汹的疫情，在以习近平同志为核心的中共中央坚强领导下，中国采取最全面、最严格、最彻底的防控举措，14 亿人民同舟共济，众志成城，同疫情展开顽强斗争，付出巨大代价和牺牲。在全国人民共同努力下，中国疫情防控形势持续向好、生产生活秩序加快恢复的态势不断巩固和拓展。

　　近日来，疫情在全球多点暴发并快速蔓延，令世界公共卫生安全面临极大挑战。据世界卫生组织 4 月 5 日数据，全球新冠肺炎确诊病例已超过 113 万例，受疫情影响的国家和地区已达 200 多个。

　　病毒没有国界，疫情不分种族。唯有团结协作、携手应对，国际社会才能战胜疫情，维护人类共同家园。疫情发生以来，中方始终秉持人类命运共同体理念，本着公开、透明、负责任态度，及时发布疫情信息，毫无保留同世界卫生组织和国际社会分享防控、治疗经验，加强科研攻关合作，并尽力为各方提供援助，得到国际社会高度评价和广泛认可。

　　新华社记者根据媒体报道和从中国国家卫生健康委员会、科研机构等有关方面了解到的信息，对中国在同世界携手抗疫过程中，在及时发布疫情信息、分享防控经验、推进疫情防控国际交流合作方面的主要事实，以时间顺序进行梳理，现公布如下。

2019 年 12 月底

◆湖北省武汉市疾控中心监测发现不明原因肺炎病例。

12 月 30 日

◆武汉市卫生健康委向辖区医疗机构发布《关于做好不明原因肺炎救治工作的紧急通知》。

12 月 31 日

◆国家卫生健康委员会凌晨作出安排部署。派出工作组、专家组赶赴武汉市，指导做好疫情处置工作，开展现场调查。

◆武汉市卫生健康委在官方网站发布《关于当前我市肺炎疫情的情况通报》，发现 27 例病例。提示公众尽量避免到封闭、空气不流通的公众场合和人多集中地方，外出可佩戴口罩。

◆当日起，武汉市卫生健康委依法发布疫情信息。

2020 年 1 月

1 月 1 日

◆国家卫生健康委成立疫情应对处置领导小组，此后每日召开领导小组会议。

1 月 2 日

◆中国疾控中心、中国医学科学院收到湖北省送检的第一批 4 例病例标本，即开展病原鉴定。

◆国家卫生健康委制定《不明原因的病毒性肺炎防控"三早"方案》。

1 月 3 日

◆当日起，中方定期与世界卫生组织、有关国家和地区组织以及中国港澳台地区及时、主动通报疫情信息。

◆中方开始定期向美方通报疫情信息和防控举措。

◆武汉市卫生健康委在官网发布《武汉市卫生健康委员会关于不明原因的病毒性肺炎情况通报》，共发现44例不明原因的病毒性肺炎病例。

◆国家卫生健康委组织中国疾控中心等4家科研单位对病例样本进行实验室平行检测，进一步开展病原鉴定。

◆国家卫生健康委会同湖北省卫生健康委制定《不明原因的病毒性肺炎诊疗方案（试行）》等9个文件。

1月4日

◆国家卫生健康委会同湖北省卫生健康部门制定《不明原因的病毒性肺炎医疗救治工作手册》，印发武汉市所有医疗卫生机构，并在全市范围内开展相关培训。

◆中国疾控中心负责人与美国疾控中心主任通电话，介绍疫情有关情况。双方同意就信息沟通和技术协作保持密切联系。

1月5日

◆武汉市卫生健康委在官网发布关于不明原因的病毒性肺炎的情况通报，共发现59例不明原因的病毒性肺炎病例。根据实验室检测结果，排除流感、禽流感、腺病毒、传染性非典型性肺炎和中东呼吸综合征等呼吸道病原。

◆中方向世界卫生组织通报疫情信息。

◆世界卫生组织首次就中国武汉出现的不明原因肺炎病例进行通报。

1月6日

◆国家卫生健康委在全国卫生健康工作会议上通报武汉不明原因肺炎有关情况，并要求加强监测、分析和研判，及时做好疫情处置。

1月7日

◆中共中央总书记习近平在主持召开中央政治局常委会会议时，对做好疫情防控工作提出要求。

◆中国疾控中心成功分离首株新冠病毒毒株。

1月8日

◆国家卫生健康委专家评估组初步确认新冠病毒为疫情病原。

◆中美两国疾控中心负责人通电话，讨论双方技术交流合作事宜。

1月9日

◆国家卫生健康委专家评估组对外发布武汉不明原因病毒肺炎病原信息，病原体初步判断为新型冠状病毒。

◆中方向世界卫生组织通报疫情信息，将武汉不明原因的病毒性肺炎疫情病原学鉴定取得的初步进展分享给世界卫生组织。

◆世界卫生组织网站发布关于中国武汉聚集性肺炎病例的声明，表示在短时间内初步鉴定出新型冠状病毒是一项显著成就。

1月10日

◆中国科学院武汉病毒研究所等专业机构初步研发出检测试剂盒，武汉市立即组织对在院收治的所有相关病例进行排查。

◆国家卫生健康委主任马晓伟与世界卫生组织总干事谭德塞就疫情应对处置工作通话。

◆中国疾控中心负责人与世界卫生组织总干事谭德塞通话，交流有关信息。

◆中国疾控中心将新型冠状病毒核酸检测引物探针序列信息通报世界卫生组织。

1月11日

◆武汉市卫生健康委发布关于不明原因的病毒性肺炎的情况通报。

1月12日

◆武汉市卫生健康委在情况通报中首次将"不明原因的病毒性肺炎"更名为"新型冠状病毒感染的肺炎"。

◆中国疾控中心、中国医学科学院、中国科学院武汉病毒研究所作为国家卫生健康委指定机构，向世界卫生组织提交新型冠状病毒基因组序列信息，在全球流感共享数据库（GISAID）发布，全球共享。

◆国家卫生健康委与世界卫生组织分享新冠病毒基因组序列信息。

1月13日

◆国家卫生健康委召开会议，部署指导湖北省武汉市进一步强化社会管控措施，加强口岸、车站等人员体温检测，减少人群聚集。

◆港澳台考察团赴武汉市考察（至14日）。

◆武汉市卫生健康委官方网站发布：截至1月12日24时，武汉市累计报告新型冠状病毒感染的肺炎病例41例。

◆世界卫生组织在官网发表关于在泰国发现新冠病毒病例的声明指出，中国共享了基因组测序结果，使更多国家能够快速诊断患者。

1月14日

◆国家卫生健康委召开全国电视电话会议，部署加强湖北省武汉市疫情防控工作，做好全国疫情防范应对准备工作。

1月15日

◆国家卫生健康委发布新型冠状病毒感染的肺炎第一版诊疗方案、防控方案。

1月16日

◆聚合酶链式反应（PCR）诊断试剂优化完成，武汉市对全部69所二级以上医院发热门诊就医和留观治疗的患者进行主动筛查。

◆外国记者首次在外交部例行记者会上问及疫情。外交部发言人表示，中方积极向世界卫生组织等国际组织以及有关国家通报相关疫情信息，保持着密切沟通。

1月17日

◆国家卫生健康委派出7个督导组赴地方指导疫情防控工作。

1 月 18 日

◆国家卫生健康委组织以钟南山为组长的国家医疗与防控高级别专家组赶至武汉实地考察疫情防控工作（至 19 日）。

◆国家卫生健康委发布新型冠状病毒感染的肺炎第二版诊疗方案。

1 月 19 日

◆国家卫生健康委向各地发放核酸检测试剂。

◆美国疾控中心就疫情防控中的有关情况与中国疾控中心沟通。

◆武汉市卫生健康委凌晨通报：截至 1 月 17 日 24 时，累计报告新型冠状病毒感染的肺炎病例 62 例，已治愈出院 19 例，在治重症 8 例，死亡 2 例。

1 月 20 日

◆新华社报道，中共中央总书记、国家主席、中央军委主席习近平对新型冠状病毒感染的肺炎疫情作出重要指示，强调要把人民群众生命安全和身体健康放在第一位，坚决遏制疫情蔓延势头。要及时发布疫情信息，深化国际合作。

◆新华社报道，国务院总理李克强主持召开国务院常务会议，进一步部署新型冠状病毒感染的肺炎疫情防控工作。

◆新华社报道，国务院副总理孙春兰出席新型冠状病毒感染的肺炎疫情防控工作电视电话会议时强调，压实属地防控责任，强化防控措施落实，切实保障人民群众健康，维护正常生产生活秩序。

◆武汉市卫生健康委凌晨通报：截至 1 月 19 日 22 时，累计报告新型冠状病毒感染的肺炎病例 198 例，已治愈出院 25 例，死亡 3 例。

◆国家卫生健康委组织高级别专家组召开记者会，组长钟南山代表专家组通报，"现在可以说，肯定的，有人传人现象。""除非极为重要的事情，一般不要去武汉。"

◆国家卫生健康委发布公告，将新冠肺炎纳入传染病防治法规定的乙类传染病并采取甲类传染病的防控措施；将新冠肺炎纳入《中华人民共和国国境卫生检疫法》规定的检疫传染病管理。

◆国家卫生健康委印发《新型冠状病毒感染的肺炎防控方案（第二版）》。

◆香港城市大学遗传分析显示2019-nCoV的动物起源仍待确定。相关研究结果当日在bioRxiv预印版平台发表。

1月21日

◆国家卫生健康委开始每日在官方网站、政务新媒体平台发布前一天的疫情情况，至3月31日，共发布71次。2月3日起英文网站同步发布，至3月31日，共发布58次。

◆外交部发言人介绍中方将应世界卫生组织邀请，派代表参加《国际卫生条例》突发事件委员会会议等情况。

◆广东省人民政府举行新型冠状病毒感染肺炎疫情及应对防控情况通报会。钟南山在通报会上表示，"现在已经知道它出现人传人了，要做的一个事情就是对患者严格隔离，对紧密接触者的密切追踪，这恐怕是最重要的。""到现在为止，新型冠状病毒还没有针对性的有效治疗药物。"

◆世界卫生组织在官网发布消息说，1月20日至21日派团对中国武汉进行了现场考察，到访武汉天河国际机场、中南医院和湖北省疾控中心。中国专家与世界卫生组织驻华代表高力、世界卫生组织西太区办事处事件管理主任巴巴图德等考察团成员分享了包括病例定义、临床管理和感染控制在内的一系列规程，可用于国际指南的制定。

◆中国疾控中心周报（英文版）首次报道新型冠状病毒病原学特征，并展示3株病毒的全基因组序列。

◆中国科学院上海巴斯德研究所、军事科学院军事医学研究院和中国科学院分子植物卓越中心研究团队在《中国科学：生命科学》英文版发表论文《武汉地区的新型冠状病毒进化来源及与人 ACE2 蛋白作用并介导传染人的分子作用通路》，评估了新型冠状病毒的潜在人传人能力，为尽快确认传染源和传播途径、制定防控策略提供了科学理论依据。

1 月 22 日

◆中国国家主席习近平应约同法国总统马克龙通电话。马克龙表示，法方支持中方积极应对新型冠状病毒感染肺炎疫情，愿同中方加强卫生合作。习近平表示，新型冠状病毒感染肺炎疫情发生以来，中方采取严密的防控防治举措，及时发布疫情防治有关信息，及时向世界卫生组织以及有关国家和地区通报疫情信息。中方愿同国际社会一道，有效应对疫情，维护全球卫生安全。

◆中国国家主席习近平应约同德国总理默克尔通电话。默克尔表示，德方赞赏中方及时应对新型冠状病毒感染肺炎疫情，保持公开透明，并积极开展国际合作。德方愿向中方提供支持和协助。习近平表示感谢，强调中方愿同包括德方及世界卫生组织在内的国际社会加强合作。

◆国家卫生健康委发布新型冠状病毒感染的肺炎第三版诊疗方案，细化了中医治疗方案相关内容。

◆国务院新闻办公室召开新闻发布会，介绍新冠肺炎疫情和防控工作情况，原则上建议外面人不要到武汉，武汉市民无特殊情况不要出武汉。

◆中方应世界卫生组织邀请，与其他受疫情影响的国家一道，参加《国际卫生条例》突发事件委员会会议。与会各国、世界卫生组织以及有关专家在会上分享疫情信息，并对疫情进行科学研判。

◆国家卫生健康委收到美方通报，美国国内发现首例确诊病例。

◆中国疾控中心周报（英文版）首次报道武汉新冠肺炎疫情流行病学调查结果。

◆英国医学理事会格拉斯哥大学病毒研究中心和西安交通大学利物

浦大学合作，根据序列分析新冠病毒可能来源于蝙蝠而不是蛇。相关分析结果于 1 月 22 日在病毒学论坛 virological 公布。

◆国家生物信息中心开发的 2019 新型冠状病毒信息库正式上线，发布全球新冠病毒基因组和变异分析信息。

1 月 23 日

◆武汉疫情防控指挥部发布 1 号通告，10 时起机场、火车站离汉通道暂时关闭。

◆交通运输部紧急通知，全国暂停进入武汉道路水路客运班线发班。

◆国家卫生健康委等六部门发布《关于严格预防通过交通工具传播新型冠状病毒感染的肺炎的通知》，要求做好汽车、火车、飞机等交通工具和车站、机场、码头等重点场所卫生管理工作，最大限度防止疫情扩散蔓延。

◆中科院武汉病毒研究所、武汉金银潭医院、湖北省疾病预防控制中心研究团队发现新冠病毒的全基因组序列与 SARS-CoV 的序列一致性有 79.5%。相关结果当日在 bioRxiv 预印版平台发表。

1 月 24 日

◆北京中日友好医院、中国医学科学院、武汉金银潭医院等研究团队在英国《柳叶刀》杂志发表《武汉地区的新型冠状病毒感染者临床特征分析》。

◆世界卫生组织总干事谭德塞在社交媒体表示，感谢中国政府的配合与透明，中国政府成功锁定病毒基因组，并快速分享给了国际社会。

◆国家微生物科学数据中心和国家病原微生物资源库共同建成"新型冠状病毒国家科技资源服务系统"，发布新冠病毒第一张电子显微镜照片和毒株信息。

1 月 25 日

◆新华社报道，农历正月初一，中共中央总书记习近平主持召开中共中央政治局常务委员会会议，专门听取新型冠状病毒感染的肺炎疫情防控工作汇报，对疫情防控特别是患者治疗工作进行再研究、再部署、再动员。会议决定，党中央成立应对疫情工作领导小组，在中央政治局常务委员会领导下开展工作。党中央向湖北等疫情严重地区派出指导组，推动有关地方全面加强防控一线工作。

◆国家卫生健康委发布通用、旅游、家庭、公共场所、公共交通工具、居家观察等6个公众预防指南。

◆国家卫生健康委复函世界卫生组织总干事谭德塞，欢迎世界卫生组织派遣国际联合专家组，与中方合作加强疫情防控。

◆由中国疾控中心领衔，多家医院和科研机构联合发表论文《2019年中国肺炎患者的新型冠状病毒》，通过全基因组测序发现了一种从未见过的乙型冠状病毒属病毒，它成为可以感染人类的冠状病毒科中的第七个成员。

1月26日

◆新华社报道，中共中央政治局常委、国务院总理、中央应对新型冠状病毒感染肺炎疫情工作领导小组组长李克强主持召开领导小组会议，贯彻习近平总书记重要讲话和中央政治局常委会会议精神，进一步部署疫情防控工作。

◆国务院新闻办公室举行新闻发布会。国家卫生健康委主任马晓伟通报疫情形势，介绍联防联控工作情况。他说，目前新型冠状病毒传染性有增强趋势，疫情形势严峻复杂，处于防控关键时期。传染源还没有找到，传播致病的机理以及病毒变异情况还不清楚，不排除一段时期病毒发生变化的可能。

◆国家卫生健康委会同相关部门就湖北省武汉市暂停运营城市公交、地铁、轮渡等可能限制国际旅行的措施向世界卫生组织西太区提供详细信息，并给出采取上述措施的公共卫生理由。

1月27日

◆以国务院副总理孙春兰为组长的中央指导组进驻武汉，在汉期间多次就公开透明发布疫情信息提出要求。

◆国家卫生健康委发布《新型冠状病毒感染的肺炎诊疗方案（试行第四版）》。

◆国务院联防联控机制召开新闻发布会，介绍《关于加强新型冠状病毒感染的肺炎疫情社区防控工作的通知》有关情况。当日起，每日组织召开国务院联防联控机制新闻发布会，通报前一日31个省（区、市）和新疆生产建设兵团报告新增确诊病例、新增治愈出院病例、当日解除医学观察的密切接触者、新增重症病例、新增死亡病例、新增疑似病例、隔离治疗、重症病例、累计报告确诊病例、累计治愈出院、累计死亡病例、现有疑似病例、累计追踪到密切接触者、尚在医学观察的密切接触者，以及累计收到港澳台地区通报确诊病例等相关数据。

截至3月31日，共举办65场，内容涉及疫情防控、医疗救治、科研攻关等众多领域，69个部门相关负责人回答中外媒体779个问题，广泛回应外界关切。

◆国家卫生健康委主任马晓伟应约与美国卫生与公众服务部部长阿扎通话，就当前新型冠状病毒感染的肺炎疫情防控工作进行交流。

1月28日

◆中国国家主席习近平在北京会见世界卫生组织总干事谭德塞。习近平指出，疫情是魔鬼，我们不能让魔鬼藏匿。中国政府始终本着公开、透明、负责任的态度及时向国内外发布疫情信息，积极回应各方关切，加强与国际社会合作。中方愿同世界卫生组织和国际社会一道，共同维护好地区和全球的公共卫生安全。

◆国家卫生健康委发布《新型冠状病毒感染的肺炎防控方案（第三版）》。

◆国务院联防联控机制召开新闻发布会，介绍派出医疗队支援湖北抗击新型冠状病毒感染的肺炎疫情有关情况。

◆外交部为外国驻华使馆（团）举行首次新型冠状病毒感染肺炎疫情防控通报会。国家卫生健康委及外交部通报了疫情形势及中方防控努力，并现场回答了提问。与会各国使节和代表对中方举办通报会予以积极评价，赞赏中国政府在应对疫情问题上采取的坚决果断举措，以及展现的公开透明和负责任态度，表示愿与中方加强沟通协调，配合中方防控努力，共同维护地区和国际卫生安全。

1月29日

◆新华社报道，李克强主持召开中央应对新型冠状病毒感染肺炎疫情工作领导小组会议，进一步研究疫情防控形势，部署有针对性加强防控工作。

◆中共中央政治局委员、中央外事工作委员会办公室主任杨洁篪应约同美国国务卿蓬佩奥通电话。蓬佩奥对疫情发生后中方及时回应美方关切表示赞赏。

◆国务院联防联控机制召开新闻发布会，介绍新型冠状病毒感染的肺炎疫情预防公众指导建议有关情况。

◆中科院武汉病毒研究所研究团队有关新型冠状病毒基因组序列信息的论文正式被英国《自然》杂志接收。

◆中国疾控中心在美国《新英格兰医学杂志》发表新冠肺炎疫情流行病学特征分析文章。

◆武汉金银潭医院、上海交通大学医学院、中国科学院武汉病毒研究所等研究团队在英国《柳叶刀》杂志发表《中国武汉2019年新型冠状病毒肺炎99例流行病学及临床特征的描述性研究》文章。

◆中国疾控中心等研究团队在英国《柳叶刀》杂志发表《2019年新型冠状病毒的基因组表征和流行病学：对病毒起源和受体结合的影响》，

对来自中国武汉 9 名确诊患者的 10 个 2019-nCoV 基因组序列进行了新的遗传分析。

◆中国科学院上海药物研究所研究团队等在 bioRxiv 预印版平台发表文章，介绍通过计算机辅助模拟药物筛选的研究结果。

◆中国科学院自动化研究所等在 medRxiv 预印版平台发表文章，介绍根据中国疾控中心每日报告的病例数分析疫情发展趋势的研究结果。

1 月 30 日

◆国务院联防联控机制召开新闻发布会，介绍新型冠状病毒感染的肺炎疫情防控中的运输保障情况。

◆国家卫生健康委通过官方渠道告知美方，欢迎美国加入世界卫生组织联合专家组。美方当天即回复表示感谢。

◆中国疾控中心等机构在美国《新英格兰医学杂志》上发表《新型冠状病毒感染的肺炎在中国武汉早期传播动力学》，通过对 425 例新冠肺炎确诊患者数据研究，揭示了疫情发生至 1 月 22 日新冠病毒的传播规律。

1 月 31 日

◆新华社报道，李克强主持召开中央应对新型冠状病毒感染肺炎疫情工作领导小组会议，部署做好春节后错峰返程加强疫情防控等工作。

◆国家卫生健康委发布《新型冠状病毒感染的肺炎重症患者集中救治方案》，最大限度降低重症患者病亡率，提高治愈率。

◆国务院联防联控机制召开新闻发布会，介绍新型冠状病毒感染的肺炎疫情防控工作中重点人群和社区组织的健康防护情况。

2020 年 2 月

2 月 1 日

◆新华社报道，国务院总理李克强日前应约同欧盟委员会主席冯德莱恩通电话。李克强指出，中国政府和人民有信心、有决心、有能力打赢这场疫情防控阻击战。我们愿同包括欧盟在内的国际社会加强信息、政策沟通和技术交流，开展相关合作。

◆国务院联防联控机制召开新闻发布会，介绍新型冠状病毒感染的肺炎疫情防控工作中孕产妇、婴幼儿和托育机构的健康防护情况。

2月2日

◆新华社报道，李克强主持召开中央应对新型冠状病毒感染肺炎疫情工作领导小组会议，部署地方因防控工作需要灵活安排工作、进一步做好疫情防控和市场保供，加大对湖北重点地区医疗防控物资支持力度。

◆国务院联防联控机制召开新闻发布会，介绍新型冠状病毒感染的肺炎疫情防控工作中公共场所、交通工具以及不同风险人群的健康防护有关情况。针对确诊患者粪便中发现病毒，中国疾控中心专家说，这个现象说明病毒可以在消化道复制并且存在，但是不是通过粪口传播，或者通过含有病毒的飞沫形成气溶胶的方式再传播，需要流行病学调查和研究进一步证实。

◆国家卫生健康委主任马晓伟致函美国卫生与公众服务部部长阿扎，就双方卫生和疫情防控合作再次交换意见。

2月3日

◆新华社报道，中共中央总书记习近平主持召开中共中央政治局常务委员会会议，听取中央应对新型冠状病毒感染肺炎疫情工作领导小组和有关部门关于疫情防控工作情况的汇报，研究下一步疫情防控工作。习近平的这次重要讲话发表在《求是》杂志2020年第4期上。

◆国务院新闻办公室就疫情防控重点医疗物资和生活物资保障情况举行新闻发布会。针对公众最关注的口罩供应，工信部表示，目前国内口罩企业产能恢复率在60%左右。虽然医用N95口罩仍然紧缺，但通过扩大国内生产、加紧国际采购等方式，供给数量不断上升。

◆国务院联防联控机制召开新闻发布会，介绍新型冠状病毒感染的肺炎疫情防控工作中的网络在线、电话热线等社会心理服务有关情况。

◆在外交部举行的首场网上例行记者会上，发言人应询介绍了一些国家向中方捐助疫情防控物资情况，并表示，中方高度重视保护在湖北武汉的各国公民的生命安全和身体健康，积极采取有效措施，及时解决他们的合理关切和要求。

◆国家卫生健康委在东盟－中日韩应对新冠肺炎疫情特别电视电话卫生发展高官会议上介绍疫情总体情况，提出下一步合作建议。

◆世界卫生组织执行委员会第146届会议在日内瓦召开，中国常驻联合国日内瓦办事处和瑞士其他国际组织副代表在会议上呼吁国际社会团结协作。

◆截至当日，中方向美方通报疫情信息和防控措施30次。内容包括同美国疾控中心在华项目负责人实时分享中方诊疗方案、防控方案、中国与全球分享防控经验知识库链接等多个方面。

◆中国疾控中心负责人接待美国哥伦比亚大学有关学者来访。

◆复旦大学、华中科技大学武汉中心医院、中国疾控中心传染病预防控制研究所、武汉市疾控中心、澳大利亚悉尼大学等研究团队在英国《自然》杂志发表《一种与中国呼吸道疾病相关的新型冠状病毒》。

2月4日

◆新华社报道，李克强主持召开中央应对新型冠状病毒感染肺炎疫情工作领导小组会议，部署提高湖北武汉收治率治愈率、降低感染率病亡率措施，进一步做好医疗资源和生活物资保障供应。

◆国务院联防联控机制召开新闻发布会，介绍加强新型冠状病毒感染的肺炎重症患者医疗救治有关情况。关于当前新型冠状病毒肺炎病亡率，国家卫生健康委相关负责人说，截至3日24时，内地新型冠状病毒感染肺炎累计确诊病例数20438人，累计死亡425人。根据这个数字推算，内地确诊病例的病亡率是 2.1%。国家卫生健康委针对重症病例救治尤其是湖北武汉重症病例不断增加的形势，集中各方资源，尽最大努力提高收治率和治愈率，降低感染率和病亡率。

◆中国疾控中心负责人应约与美国国家过敏症和传染病研究所主任通电话，交流疫情信息。

◆广州呼吸健康研究院与哈佛大学首次就新冠肺炎进行科研合作交流。

◆中国科学院武汉病毒研究所、军事科学院军事医学研究院等研究团队在《细胞研究》期刊发表《瑞得西韦和磷酸氯喹能在体外有效抑制新型冠状病毒》。

2 月 5 日

◆新华社报道，中共中央总书记、国家主席、中央军委主席、中央全面依法治国委员会主任习近平主持召开中央全面依法治国委员会第三次会议并发表重要讲话。他强调，要在党中央集中统一领导下，始终把人民群众生命安全和身体健康放在第一位，从立法、执法、司法、守法各环节发力，全面提高依法防控、依法治理能力，为疫情防控工作提供有力法治保障。习近平的这次重要讲话发表在《求是》杂志 2020 年第 5 期上。

◆中国国家主席习近平会见柬埔寨首相洪森。习近平指出，患难见真情。在这个特殊时刻，柬埔寨人民同我们站在一起。西哈莫尼国王和莫尼列太后专门向我们表达慰问和支持，首相先生更是多次力挺中方，今天又特意来华访问，体现了牢不可破的中柬友谊和互信，诠释了患难与共这一中柬命运共同体的核心要义。

◆国家卫生健康委修订发布《新型冠状病毒感染的肺炎诊疗方案（试行第五版）》。

◆国务院联防联控机制召开新闻发布会，介绍医疗物资保障的生产、调度、进口等相关工作最新进展，解读《新型冠状病毒感染的肺炎诊疗方案（试行第五版）》。

◆外交部相关负责人在北京会见俄罗斯防疫专家代表团时表示，中方致力于维护全球公共卫生安全，本着公开透明原则开展疫情防控国际合作。两国开展防疫交流和联合攻关，必将有助于赢得这场抗疫战的胜利。

◆外交部相关负责人在会见法国驻华大使罗梁时，介绍新型冠状病毒感染肺炎疫情防控工作最新情况，并表示在华法国公民的生活和健康是有保障的。希望法方本着理性、冷静、科学的态度看待和支持中方应对工作。

◆外交部就新冠肺炎疫情防控举行第二次驻华使馆（团）通报会，通报会通过网上平台进行，180 余个驻华使馆（团）代表参加。国家卫生健康委及外交部通报疫情形势及中国政府抗击疫情努力，并回答了使节们关心的问题。

2 月 6 日

◆中国国家主席习近平应约同沙特国王萨勒曼通电话。习近平指出，中方将继续本着公开、透明的态度，同包括沙特在内的各国一道，共同有效应对疫情，维护世界和地区公共卫生安全。

◆新华社报道，李克强主持召开中央应对新型冠状病毒感染肺炎疫情工作领导小组会议，部署进一步有针对性加强疫情防控工作，要求有序做好恢复生产保障供应工作。

◆外交部相关负责人约见英国驻华大使吴百纳，介绍新型冠状病毒感染肺炎疫情防控工作最新情况，强调中方有信心、有能力、有把握最终战胜疫情。包括英国在内的外国公民在华的生活和健康是有保障的。

◆外交部发言人表示，中国政府把人民生命安全和身体健康放在第一位，始终本着公开、透明和高度负责任的态度，及时通报信息，加强国际合作，建立举国体制，集全国之力，以最严格和最彻底措施抗击疫情。当日起，外交部发言人开始在例行记者会上通报前一日关于新冠肺炎疫情的病例统计情况。

2月7日

◆中国国家主席习近平应约与美国总统特朗普通电话。习近平强调，中方不仅维护中国人民生命安全和身体健康，也维护世界人民生命安全和身体健康。我们本着公开、透明、负责任态度，及时向世界卫生组织以及美国在内的有关国家和地区作了通报，并邀请世界卫生组织等相关专家前往武汉实地考察。

◆国务院联防联控机制召开新闻发布会，介绍进一步做好重点地区疫情防控工作、提高收治率治愈率和降低感染率病亡率等相关情况。

◆外交部相关负责人在会见欧盟驻华代表团团长郁白时，介绍了新型冠状病毒感染肺炎疫情防控工作最新情况，强调中方将继续本着公开、透明、负责任的态度同包括欧盟在内的国际社会通报信息、分享数据，加强在公共卫生领域的合作。

◆中国疾控中心专家参加世界卫生组织举办的非正式专家电话会议以及流行病学工作组专家电话会议。

2月8日

◆国家卫生健康委在亚太经合组织卫生工作组会议上介绍中国防疫努力和措施。

◆国家卫生健康委向中国驻外使领馆通报新型冠状病毒防控、诊疗、监测、流行病学调查、实验室检测等方案。

◆中美两国卫生部门负责人再次就美方专家参加中国——世界卫生组织联合专家考察组的安排进行沟通。

2月9日

◆国务院总理李克强应约同德国总理默克尔通电话，就新冠肺炎疫情防控工作交换意见。李克强指出，中方疫情防控工作坚持公开透明、高度负责，及时向中国民众和国际社会公布信息。我们采取的措施远超《国际卫生条例》要求和世界卫生组织建议。希望包括德国在内的国际社会保持理性，支持中方防控疫情的努力，保持双方正常往来，加强国际公共卫生安全合作。也希望德方为中方通过商业渠道从德国采购医疗物资提供必要便利。

2月10日

◆新华社报道，中共中央总书记、国家主席、中央军委主席习近平在北京调研指导新型冠状病毒肺炎疫情防控工作时强调，当前疫情形势仍然十分严峻，各级党委和政府要坚决贯彻党中央关于疫情防控各项决策部署，坚决贯彻坚定信心、同舟共济、科学防治、精准施策的总要求，再接再厉、英勇斗争，以更坚定的信心、更顽强的意志、更果断的措施，紧紧依靠人民群众，坚决把疫情扩散蔓延势头遏制住，坚决打赢疫情防控的人民战争、总体战、阻击战。

◆新华社报道，李克强主持召开中央应对新冠肺炎疫情工作领导小组会议，部署进一步增加重点医疗防控物资生产供应，加强医务人员调配和药物研发等工作。

◆国务院联防联控机制召开新闻发布会，介绍加强基层社区疫情防控有关情况。

◆商务部召开首次网上新闻发布会，介绍在疫情防控背景下重要生活物资供应等方面情况。截至3月31日，连续7周的每周例行新闻发布会均就与疫情有关的问题作出回应，内容涵盖消费市场、复工复产、外资外贸等多个领域。

◆世界卫生组织先遣组成员抵达北京。

2月11日

◆中国国家主席习近平应约同印尼总统佐科通电话。习近平指出，我们秉持人类命运共同体理念，既对本国人民生命安全和身体健康负责，也对全球公共卫生事业尽责。中方将继续本着公开、透明态度，同包括印尼在内的各国加强防控合作，维护地区和全球公共卫生安全。

◆中国国家主席习近平应约同卡塔尔埃米尔塔米姆通电话。习近平强调，中方对中国人民生命安全和身体健康负责，也为维护世界公共卫生安全作出了积极贡献。中方愿同卡方保持密切沟通，及时通报疫情最新情况，保障在华卡塔尔公民生活和健康，切实维护好两国人民健康安全。

◆中国疾控中心专家通过现场或在线方式参加在日内瓦举办的新型冠状病毒全球研究与创新论坛（至12日）。此论坛由世界卫生组织和"全球传染病防控研究合作组织"主办，全球400多名相关学科科学家、有关国家和地区代表、公共卫生机构代表等与会。世界卫生组织首席科学家斯瓦米纳坦说，中国科研人员对论坛取得成果作出很大贡献。

◆国家卫生健康委与世界卫生组织考察团召开第一次会议，就中国—世界卫生组织联合专家考察组人员组成原则、考察重点领域、初步日程安排深入交流并达成初步共识。

◆中国疾控中心专家应约与美国疾控中心流感部门专家召开电话会议，沟通和分享疫情防控信息。

◆国务院联防联控机制召开新闻发布会，介绍加强农村疫情防控有关情况。

◆中国医学科学院、中国疾控中心研究团队首次使用转基因小鼠研究新冠病毒致病性，并在bioRxiv平台发表论文。此研究有助于寻找和开发相关疗法和疫苗。

2月12日

◆新华社报道，中共中央总书记习近平主持召开中共中央政治局常务委员会会议，听取中央应对新型冠状病毒感染肺炎疫情工作领导小组汇报，分析当前新冠肺炎疫情形势，研究加强疫情防控工作。

◆国家卫生健康委专家参加中国与欧盟就当前新冠肺炎疫情举行的技术交流电话会，介绍疫情最新进展、采取的主要防控措施及开展对外合作情况。

2月13日

◆中国国家主席习近平应约同马来西亚总理马哈蒂尔通电话。习近平指出，中方针对疫情采取强有力措施，不仅是在对本国人民健康负责，也是在为世界公共卫生事业作贡献，得到了世界卫生组织和世界各国充分肯定。我们将继续本着公开、透明的态度，同包括马来西亚在内的东盟国家加强防控合作，共同维护地区公共卫生安全。

◆新华社报道，李克强主持召开中央应对新冠肺炎疫情工作领导小组会议，部署进一步分级分类有效防控，要求优化诊疗、加快药物攻关、科学防治。

◆国务院联防联控机制新闻发布会通报，湖北省增加了"临床诊断病例"分类，对疑似病例具有肺炎影像学特征者，确定为临床诊断病例，以便患者能及早按照确诊病例相关要求接受规范治疗，进一步提高救治成功率。13日湖北省报告的13332例临床诊断病例纳入确诊病例统计，正加强病例救治，全力减少重症，降低病亡率。世界卫生组织表示，支持中国在湖北省采纳临床诊断结果确诊新冠肺炎病例的做法，认为这有助于病人更快得到临床护理等，由此而来的确诊病例数上升"不代表疫情发展轨迹发生了重大变化"。

◆美国卫生与公众服务部相关负责人致函国家卫生健康委负责人，沟通双方卫生和疫情防控合作等有关安排。

◆广州呼吸健康研究院、美国哈佛大学医学院等联合成立"新型冠状病毒肺炎"科研攻坚小组。联席组长由钟南山院士、哈佛大学医学院院长担任，围绕快速检测诊断、临床救治、药物筛选和疫苗研发四大重点方向开展科研合作。

2 月 14 日

◆新华社报道，中共中央总书记、国家主席、中央军委主席、中央全面深化改革委员会主任习近平主持召开中央全面深化改革委员会第十二次会议并发表重要讲话。他强调，确保人民群众生命安全和身体健康，是我们党治国理政的一项重大任务。既要立足当前，科学精准打赢疫情防控阻击战，更要放眼长远，总结经验、吸取教训，针对这次疫情暴露出来的短板和不足，抓紧补短板、堵漏洞、强弱项，该坚持的坚持，该完善的完善，该建立的建立，该落实的落实，完善重大疫情防控体制机制，健全国家公共卫生应急管理体系。习近平的这次重要讲话发表在《求是》杂志 2020 年第 5 期上。

◆针对美国白宫国家经济委员会主任库德洛日前称中国政府应对疫情缺乏透明，世界卫生组织卫生紧急项目负责人迈克尔·瑞安指出，库德洛言论与事实不符，中国政府积极配合世界卫生组织，展现出很高的透明度。

◆国务院联防联控机制召开新闻发布会通报，湖北以外其他省份新增确诊病例数实现"十连降"。

2 月 15 日

◆国务委员兼外长王毅在慕尼黑安全会议发表演讲，介绍中国为抗击新冠肺炎疫情采取的果断措施和取得的明显成效。

◆国务院新闻办公室在湖北武汉举行新闻发布会，介绍在湖北组织开展疫情防控和医疗救治工作情况。这是疫情发生以来，国务院新闻办公室首次在湖北举行新闻发布会。当天，国务院新闻办公室在北京、武汉两地举行了 3 场新闻发布会。

◆国务院新闻办公室就春运返程疫情防控工作有关情况举行新闻发布会。

◆国务院联防联控机制召开新闻发布会，介绍药物研发和科研攻关最新进展情况。已经有 7 个诊断检测试剂获批上市，部分药物筛选与治疗方案、疫苗研发、动物模型构建等取得阶段性进展。

2 月 16 日

◆ 中国－世界卫生组织联合专家考察组开始为期 9 天的在华考察调研工作，对北京、成都、广州、深圳和武汉等地进行实地考察调研。联合考察组由来自中国、德国、日本、韩国、尼日利亚、俄罗斯、新加坡、美国和世界卫生组织的 25 名专家组成。外方专家包括世界卫生组织总干事高级顾问艾尔沃德、德国罗伯特·科赫研究所抗生素耐药和消费监测医疗相关感染部门主任埃克曼斯、新加坡国立大学杨璐琳医学院教授费希尔、尼日利亚疾病控制中心主任齐克韦祖、美国国立卫生研究院国家过敏及传染病研究所临床主任莱恩、韩国首尔国立大学医学院家庭医学教授李钟国、俄罗斯国家肺生理和传染病医学研究中心国际部主任普舍尼奇娜娅、俄罗斯圣彼得堡巴斯德研究所副主任谢苗诺夫、日本国立传染病研究所流感病毒研究中心高级科学家高桥均之、世界卫生组织全球传染病危害防范部门新发疾病与人畜共患病组负责人范科霍夫、美国疾控中心国家免疫和呼吸疾病中心流感科医务官周为公等。

◆ 国务院联防联控机制召开新闻发布会，介绍疫情防控工作进展情况。截至 2 月 15 日 24 时，武汉、湖北、全国重症病例占确诊病例的比例均明显下降。

2 月 17 日

◆ 新华社报道，李克强主持召开中央应对新冠肺炎疫情工作领导小组会议，部署继续做好湖北省特别是武汉市医疗救治和保障，在加强疫情防控的同时推动有序复工复产。

◆ 外交部相关负责人在爱沙尼亚首都塔林同爱方官员举行工作磋商时，介绍了中方防控新冠肺炎疫情工作最新情况，强调中方有信心、有能力、有把握战胜这场疫情。

◆外交部发言人在例行记者会上介绍了与日本共享信息开展抗疫合作等情况。

2 月 18 日

◆中国国家主席习近平应约同法国总统马克龙通电话。习近平指出，中方不仅维护中国人民生命安全和身体健康，也对全球公共卫生安全高度负责。中国始终本着公开透明态度，同包括法国在内的各国开展合作，共同应对疫情。中方愿同法方加强卫生领域务实合作，共同维护好地区和全球公共卫生安全。

◆中国国家主席习近平应约同英国首相约翰逊通电话。习近平指出，中方秉持人类命运共同体理念，既对本国人民生命安全和身体健康负责，也对全球公共卫生事业尽责。我们付出巨大努力，有效阻止了疫情在全球范围的蔓延。中方将继续本着公开透明态度，同包括英国在内的各国开展合作。

◆国务院联防联控机制召开新闻发布会介绍，17 日内地单日新增确诊病例首次降至 2000 例以内，湖北省外单日新增确诊病例首次降至 100 例以内，内地单日新增死亡病例首次降至 100 例以内，实现了"3 个首次"。

◆中国－世界卫生组织新冠肺炎联合专家考察组分赴广东省和四川省进行为期 3 天的现场调研。

◆外交部相关负责人在阿尔巴尼亚首都地拉那同阿方官员会面时，介绍了中方防控新冠肺炎疫情最新情况。

◆外交部相关负责人应约会见中国美国商会新任主席葛国瑞时指出，疫情的影响是暂时的，中国经济长期向好发展的趋势没有改变。中方欢迎美国企业继续在中国发展，希望中国美国商会及其会员企业进一步加强同中国合作。

◆国家卫生健康委复函美国卫生与公众服务部，就双方卫生与疫情合作有关安排进一步沟通。

2月19日

◆新华社报道，中共中央总书记习近平主持召开中央政治局常委会会议，听取疫情防控工作汇报，研究统筹做好疫情防控和经济社会发展工作，决定将有关意见提请中央政治局会议审议。

◆外交部召开第三次外国驻华使馆（团）疫情防控通报会。通报会通过网络平台进行，180余个驻华使馆（团）使节和外交人员参与。外交部相关负责人通报了当前疫情形势和中方防控努力，北京市外办介绍了驻华使馆（团）高度关注的疫情期间外国返京人员防控最新安排，教育部国际司和外交部有关司局负责人就在华留学生和外国人工作回答了提问。

2月20日

◆中国国家主席习近平应约同巴基斯坦总理伊姆兰·汗通电话。习近平强调，事实再次证明，中巴两国是患难与共的真朋友、同甘共苦的好兄弟。我们将像对待本国公民一样，照顾好在华巴基斯坦兄弟姐妹。

◆中国国家主席习近平应约同韩国总统文在寅通电话。习近平强调，中方采取强有力防控措施，不仅是为了维护中国人民生命安全和身体健康，也是为世界公共卫生事业作贡献。中方将继续本着公开、透明态度，同包括韩方在内的各国加强沟通合作，共同应对疫情，促进世界人民健康福祉。

◆中国国家主席习近平给美国盖茨基金会联席主席比尔·盖茨回信，感谢他和盖茨基金会对中国防控新冠肺炎疫情工作的支持，呼吁国际社会加强协调、共同抗击疫情。

◆新华社报道，李克强主持召开中央应对新冠肺炎疫情工作领导小组会议，部署进一步加强一线医务人员防护、加快药物有效应用，要求继续做好科学防控、推动有序复工复产。

◆国务委员兼外长王毅出席中国－东盟关于新冠肺炎问题特别外长会，介绍中国防控疫情工作进展。

◆国务院新闻办公室在湖北就中央赴湖北指导组组织开展疫情防控工作情况举行新闻发布会。

◆外交部发言人就"病毒是否是生化武器问题"答问时表示，疫情面前，需要的是科学、理性、合作，用科学战胜愚昧，用真相粉碎谣言，用合作抵制偏见。希望国际社会在共同抗击新冠病毒的同时，也继续共同反对、抵制阴谋论等"政治病毒"。

◆中国和东盟各国临床医学专家召开视频会议，重点围绕诊疗方案和救治经验进行交流。

2月21日

◆新华社报道，中共中央总书记习近平主持召开中共中央政治局会议，研究新冠肺炎疫情防控工作，部署统筹做好疫情防控和经济社会发展工作。会议指出，要深化对外开放和国际合作。要加强同经贸伙伴的沟通协调，优先保障在全球供应链中有重要影响的龙头企业和关键环节恢复生产供应，维护全球供应链稳定。要支持出口重点企业尽快复工复产，发挥好出口信用保险作用。要从构建人类命运共同体高度，积极开展疫情防控国际合作。

◆国家卫生健康委发布《新型冠状病毒肺炎防控方案（第五版）》。

◆国务院联防联控机制新闻发布会通报，20日，武汉市新增治愈出院病例首次大于新增确诊病例，内地单日新增治愈出院病例首次超过2000例。

2月22日

◆中国－世界卫生组织新冠肺炎联合专家考察组前往湖北省开展现场调研（至23日）。考察组访问了同济医院光谷院区、武汉体育中心方舱医院，赴湖北省疾控中心调研湖北省和武汉市新冠肺炎疫情防控、医疗救治等情况，并与湖北省联防联控机制成员单位负责人和专家进行交流。

2 月 23 日

◆新华社报道，统筹推进新冠肺炎疫情防控和经济社会发展工作部署会议在北京召开。中共中央总书记、国家主席、中央军委主席习近平出席会议并发表重要讲话。习近平强调，当前疫情形势依然严峻复杂，防控正处在最吃劲的关键阶段，各级党委和政府要坚定必胜信念，咬紧牙关，继续毫不放松抓紧抓实抓细各项防控工作。要变压力为动力、善于化危为机，有序恢复生产生活秩序，强化"六稳"举措，加大政策调节力度，把我国发展的巨大潜力和强大动能充分释放出来，努力实现今年经济社会发展目标任务。习近平的这次重要讲话当天公开发表。

2 月 24 日

◆新华社报道，李克强主持召开中央应对新冠肺炎疫情工作领导小组会议，推动武汉市进一步加强防疫和救治工作，部署落实分区分级差异化疫情防控策略。

◆国务院联防联控机制新闻发布会通报，内地新增确诊病例数已连续 5 天在 1000 例以下，现有确诊病例数近一周以来呈现下降趋势，所有省份新增出院病例数均大于或等于新增确诊病例数。

◆外交部相关负责人分别同巴西驻华大使瓦莱、智利驻华大使施密特、墨西哥驻华大使贝尔纳多、哥伦比亚驻华大使蒙萨尔韦、秘鲁驻华大使克萨达、特立尼达和多巴哥驻华大使西丹辛格、哥斯达黎加驻华大使德尔加多通电话，通报中方疫情防控情况。

◆中国－世界卫生组织联合专家考察组在北京举行新闻发布会，认为中国采取了前所未有的公共卫生应对措施，在减缓疫情扩散蔓延，阻断病毒的人际传播方面取得明显效果，已经避免或至少推迟了数十万新冠肺炎病例。

◆中国疾控中心在《美国医学会杂志》发表《新冠病毒疫情特点和经验教训》，对截至 2 月 11 日报告的 72314 例中国内地新冠病毒感染病例的流行病学特征进行描述和分析。

◆英国《柳叶刀》杂志刊发世界卫生组织总干事谭德塞与世界卫生组织首席科学家斯瓦米纳坦共同署名的文章。文章说，中国医生在流感季迅速识别出新冠病毒，并通过全球科研网络与国际同行共享新冠病毒基因组测序信息等，为后续科研工作奠定基础。中国在应对和防控本国新冠肺炎疫情过程中的不懈努力，不但为其他国家争取了宝贵时间，还为国际科学界共同应对这一疫情"铺平了道路"。

2月25日

◆中国国家主席习近平应约同阿联酋阿布扎比王储穆罕默德通电话。习近平指出，中国政府始终本着公开、透明、负责任的态度及时通报疫情信息，积极回应各方关切，加强同国际社会合作。中方将继续采取切实措施，保障包括阿联酋公民在内的各国在华人员生活和身体健康，并愿同阿方就疫情最新情况保持密切沟通，分享防治经验。

◆中国国家主席习近平应约同埃塞俄比亚总理阿比通电话。习近平指出，这次非洲国家和人民以各种方式支持中方抗疫努力，生动诠释了中非患难与共、守望相助的兄弟情谊。当前，非洲国家疫情防控也面临不少挑战，中方愿向非洲国家进一步提供急需的包括检测试剂在内的医疗物资，加快落实中非合作论坛北京峰会"八大行动"中的卫生健康行动，推进非洲疾控中心建设，加强中非公共卫生和疾病防控合作。

◆国家卫生健康委与多个国家和地区组织分享应对新冠肺炎更新版技术指南。

◆外交部相关负责人在应约会见法国驻华大使罗梁时，介绍了中国抗击疫情取得明显成效的最新情况，强调在习近平主席坚强领导下，中国人民团结一心，众志成城，有信心、有能力、有把握战胜疫情。

◆外交部发言人在例行记者会上表示，中国愿在努力抗击本国疫情的同时，同日本和韩国分享信息和经验，并根据他们的需求，提供力所能及的支持和帮助。

2月26日

◆新华社报道，中共中央总书记习近平主持召开中共中央政治局常务委员会会议，听取中央应对新型冠状病毒感染肺炎疫情工作领导小组汇报，分析当前疫情形势，研究部署近期防控重点工作。

◆在国务院联防联控机制新闻发布会上，司法部相关负责人说，截至2月25日，内地有湖北、浙江、山东三省的5个监狱发生了罪犯感染疫情，共有确诊病例555例，疑似病例19例，重症4例。到目前为止，没有发生监狱在押罪犯感染新冠肺炎死亡的病例。

◆中国疾控中心专家参加世界卫生组织新冠肺炎疫情非正式专家磋商电话会议。

◆外交部发言人在例行记者会上介绍了在华外国人感染新冠肺炎情况。

2月27日

◆中国国家主席习近平在北京同蒙古国总统巴特图勒嘎会谈。习近平强调，中方秉持人类命运共同体理念，既对本国人民生命安全和身体健康负责，也对全球公共卫生事业尽责。我们本着公开、透明、负责任态度，积极开展抗疫国际合作，得到世界卫生组织以及国际社会高度肯定和普遍认可。中方将继续同包括蒙古国在内的各国加强合作，共同有效应对疫情，维护地区和全球公共卫生安全。

◆新华社报道，李克强主持召开中央应对新冠肺炎疫情工作领导小组会议，进一步部署降低病亡率和保障生活必需品供应，要求细化重点人群疫情防控措施，加强防控国际合作。

◆国务院联防联控机制新闻发布会通报，据世界卫生组织通报，新冠肺炎疫情已在一些国家出现，部分国家病例增长速度较快。要坚持防输出和防输入并重，同时加强与有关国际组织和国家的合作，携手共同遏制疫情。

◆第二次中国－欧盟应对新冠肺炎疫情专题电话会议举办，中欧卫生专家就防控措施、诊断筛查、诊疗方案等深入交流。

2 月 28 日

◆中国国家主席习近平应约同古巴国家主席迪亚斯－卡内尔通电话。习近平强调，在这场疫情防控斗争中，我们始终秉持人类命运共同体理念，本着公开、透明、负责任态度，及时同世卫组织和国际社会分享信息，积极回应各方关切，加强国际合作，努力防止疫情在世界扩散蔓延。中方防控工作得到世卫组织和国际社会积极评价。中方愿同古方继续开展医药和疫情防控领域交流合作。

◆中国国家主席习近平应约同智利总统皮涅拉通电话。习近平指出，中华民族历经磨难，但从未被压垮过。疫情对中国经济的冲击是短期的、总体上是可控的，中国经济长期向好的基本面没有改变。我们将在毫不放松抓紧抓实抓细防控工作的同时，采取一系列政策举措，逐步恢复生产生活秩序，努力确保实现今年经济社会发展目标任务。

◆国务院新闻办公室在湖北就中央指导组指导疫情防控和医疗救治工作进展举行新闻发布会。

◆国务院联防联控机制召开新闻发布会，介绍新冠肺炎的防控和治疗有关情况。27 日，除湖北外其他省份，和湖北除武汉外的其他地市，新冠肺炎新增确诊病例数首次双双降至个位。下一步，仍要毫不放松做好社区防控和医疗救治等工作，全力阻止疫情反弹。

◆国家卫生健康委参加大湄公河次区域卫生工作组视频会议，讨论疫情防控面临的挑战及技术需求。

◆中国工程院院士钟南山团队、中国工程院院士李兰娟团队、武汉市金银潭医院、武汉市中心医院、浙江大学附属第一医院、香港中文大学等医院和研究机构在美国《新英格兰医学杂志》联合发表论文《新冠肺炎临床特点》，分析了 1099 例新冠肺炎患者救治数据。

◆北京协和医学院和中国疾控中心研究团队发表《SARS-CoV-2 在 hACE2 转基因小鼠中的致病性》，构建新冠肺炎动物模型，有助于推进疫苗及药物研发。

2 月 29 日

◆中国红十字会志愿医疗专家组抵达伊朗。

◆中国 - 世界卫生组织新型冠状病毒肺炎联合考察报告发布。报告指出，面对前所未知的病毒，中国采取了历史上最勇敢、最灵活、最积极的防控措施，尽可能迅速地遏制病毒传播。令人瞩目的是，在所考察的每一个机构都能够强有力地落实防控措施。面对共同威胁时，中国人民凝聚共识团结行动，才使防控措施得以全面有效的实施。每个省、每个城市在社区层面都团结一致，帮助和支持脆弱人群及社区。

◆国务院联防联控机制召开新闻发布会，介绍新冠肺炎治疗与患者康复有关情况。

2020 年 3 月

3 月 1 日

◆国务院联防联控机制召开新闻发布会，介绍依法有效防控海外疫情输入有关情况。

3 月 2 日

◆新华社报道，中共中央总书记、国家主席、中央军委主席习近平在北京考察新冠肺炎防控科研攻关工作。他强调，要把新冠肺炎防控科研攻关作为一项重大而紧迫任务，综合多学科力量，统一领导、协同推进，在坚持科学性、确保安全性的基础上加快研发进度，尽快攻克疫情防控的重点难点问题，为打赢疫情防控人民战争、总体战、阻击战提供强大科技支撑。习近平当天同有关部门负责人和专家学者就疫情防控科研攻关工作座谈时的重要讲话发表在《求是》杂志2020年第6期上。

◆新华社报道，李克强主持召开中央应对新冠肺炎疫情工作领导小组会议，部署做好下一步防控工作，加强对防控一线社区工作者关心关爱，统筹推进疫情防控和春耕生产。

◆外交部发言人在记者会上就俄罗斯输入病例问题答问。

3月3日

◆国家卫生健康委发布《新型冠状病毒肺炎诊疗方案（试行第七版）》，在传播途径、临床表现、诊断标准等多个方面作出修改和完善，强调加强中西医结合。

◆国家卫生健康委接待埃及总统特使、卫生和人口部部长哈莱访华，全国人大常委会副委员长、中国红十字会会长陈竺会见。

3月4日

◆新华社报道，中共中央总书记习近平主持召开中共中央政治局常务委员会会议，研究当前新冠肺炎疫情防控和稳定经济社会运行重点工作。

◆国家卫生健康委向日本、伊朗、韩国、意大利、新加坡、巴勒斯坦卫生行政部门或组织致函，对上述国家当前疫情表示慰问，希望加强信息共享和技术合作。

◆外交部联合国家卫生健康委共同就新冠肺炎疫情同阿塞拜疆等6国及上合组织专家举行多边视频会议，就防控举措、诊断筛查、实验室检测等进行深入交流。

◆国务院新闻办公室在北京和湖北武汉同步举行记者见面会，参与一线救治工作的中国专家在武汉介绍治疗新冠肺炎的做法，请记者在北京远程视频连线提问。见面会全程用英文。

◆国务院联防联控机制召开新闻发布会，介绍做好疫情防控重要医疗救治设备促产保供工作情况。

◆西湖大学研究团队在《科学》杂志发表《全长 ACE2 识别 SARS-CoV-2 的结构基础》，首次成功解析新型冠状病毒细胞表面受体 ACE2 的全长三维结构。

◆中国疾控中心专家参加世界卫生组织全球应急准备监测委员会新冠肺炎疫情应对电话会议。

◆钟南山与欧洲呼吸学会负责人视频连线，向欧方介绍中国抗疫成果经验。

3月5日

◆新华社报道，李克强主持召开中央应对新冠肺炎疫情工作领导小组会议，要求增强防控工作针对性有效性，把关心关爱一线医务人员措施落到实处，进一步做好疫情防控期间困难群众兜底保障工作。

◆外交部会同国家卫生健康委与阿塞拜疆、白俄罗斯、格鲁吉亚、摩尔多瓦、亚美尼亚、土库曼斯坦以及上合组织秘书处举办新冠肺炎疫情专家视频交流会。

◆国务院新闻办公室就抗击疫情国际合作有关情况举行新闻发布会。国家卫生健康委相关负责人说，中方与世界卫生组织等国际和地区组织、相关国家卫生部门负责人多次通信、通话，接待埃及总统特使、卫生部长专程访华。第一时间向全球分享病毒全基因序列、引物和探针，与全球 100 多个国家、10 多个国际和地区组织分享疫情防控和诊疗方案等技术文件，与世界卫生组织、东盟、亚太经合组织等国际和地区组织，以及日本、俄罗斯、德国、美国等国家通过专家研讨和远程会议等方式开展技术交流，及时分享中国疫情防控经验和方案。外交部相关负责人就中国抗击疫情国际合作介绍情况，并回答记者提问。

◆国务院联防联控机制新闻发布会通报，3月4日 0—24 时，新增报告境外输入确诊病例 2 例。截至 3月4日 24 时，累计报告境外输入确诊病例 20 例。当日起，发布会每日通报前一日新增报告和累计报告境外输入确诊病例。

◆南方科技大学及深圳市第三人民医院研究团队在 bioRxiv 平台发表《低温电镜揭示 SARS-CoV-2 结构全貌》，揭示新冠病毒整体结构。

3 月 6 日

◆新华社报道，中共中央总书记、国家主席、中央军委主席习近平在京出席决战决胜脱贫攻坚座谈会并发表重要讲话。他强调，各级党委和政府要不忘初心、牢记使命，坚定信心、顽强奋斗，以更大决心、更强力度推进脱贫攻坚，坚决克服新冠肺炎疫情影响，坚决夺取脱贫攻坚战全面胜利，坚决完成这项对中华民族、对人类都具有重大意义的伟业。习近平的这次重要讲话当天公开发表。

◆中方向东盟、日本、韩国、也门、伊朗、伊拉克、阿联酋、欧盟等分享中国临床专家新闻发布会视频。

◆国务院新闻办公室在湖北就新冠肺炎疫情防控救治进展情况举行新闻发布会。中央指导组成员、国务院副秘书长丁向阳说，我们及时公开防控信息，让社会看到真相。

◆国务院联防联控机制召开新闻发布会，介绍科技研发攻关最新进展情况。发布会通报，17 例新增确诊病例中 16 例为境外输入病例，提示这方面风险正在逐步升高。要继续深化疫情防控国际合作，及时与世卫组织和有关国家分享信息和经验，携手抗击疫情。

◆外交部发言人就个别媒体称病毒是"中国制造"答记者问，强调病毒溯源工作仍在进行中。疫情首先出现在中国，但不一定发源在中国。要共同反对"信息病毒""政治病毒"。

3 月 7 日

◆国家卫生健康委发布《新型冠状病毒肺炎防控方案（第六版）》。

◆中国红十字会总会派遣的中方医疗专家组和中方援助的防疫物资

抵达伊拉克。

◆国家卫生健康委同智利方面分享最新版诊疗方案等技术资料，表示愿通过远程在线方式进行技术交流。向重点国家和地区分享第七版诊疗方案英文版。

◆中方宣布向世界卫生组织捐款 2000 万美元，以支持世界卫生组织开展抗击新冠肺炎疫情的国际合作。

◆国务院新闻办公室在湖北武汉举行新闻发布会，中央指导组成员介绍新冠肺炎疫情防控救治进展情况。

3 月 8 日

◆国家卫生健康委发布《农村居民防控新冠肺炎问答手册》，为农村居民正确认识、科学防控，提高自我防范意识和个人防护能力提供指导和帮助。

◆国家卫生健康委指导援外医疗队在当地开展能力建设，召开援外医疗队新冠肺炎防控知识在线培训，援莫桑比克、布基纳法索、塞拉利昂医疗队进行疫情防控桌面推演。

3 月 9 日

◆新华社报道，李克强主持召开中央应对新冠肺炎疫情工作领导小组会议，部署深化防控国际合作防范疫情输出输入，强调在疫情防控中激励真抓实干务求实效。

◆全国人大常委会副委员长、中国红十字会会长陈竺在中国疾控中心应急指挥中心召开新冠肺炎疫情防控中国－意大利视频研讨会。

◆外交部发言人在例行记者会上表示，中国愿在克服自身困难的同时，向有关国家提供口罩等医疗防护物资，支持各国抗疫，携手应对并最终打赢这场疫情防控阻击战。

3 月 10 日

◆新华社报道，在抗击新冠肺炎疫情的关键时刻，中共中央总书记、国家主席、中央军委主席习近平专门赴湖北省武汉市考察疫情防控工作。他强调，经过艰苦努力，湖北和武汉疫情防控形势发生积极向好变化，取得阶段性重要成果，但疫情防控任务依然艰巨繁重。越是在这个时候，越是要保持头脑清醒，越是要慎终如始，越是要再接再厉、善作善成，继续把疫情防控作为当前头等大事和最重要的工作，不麻痹、不厌战、不松劲，毫不放松抓紧抓实抓细各项防控工作，坚决打赢湖北保卫战、武汉保卫战。习近平在湖北省考察新冠肺炎疫情防控工作时的重要讲话发表在《求是》杂志2020年第7期上。

◆国家卫生健康委员会同外交部与10个南太平洋岛国召开肺炎防控技术交流电视电话会，组织专家介绍中国防控措施和阶段性成果，分享疾病信息、防治经验，解答外方关切的问题。

◆国家卫生健康委推荐专家参与世界卫生组织基因测序指南制定。

3月11日

◆国家卫生健康委与外交部共同举办第三次中国与欧盟新冠肺炎疫情防控技术交流电话会。

◆国家卫生健康委协调专家参加世界卫生组织美洲区会议，介绍中国关于新冠肺炎疫情防控经验。

◆国务院联防联控机制新闻发布会通报，内地每日新增确诊病例和新增疑似病例连续5天保持在两位数，除武汉外最近5天本土新增确诊病例2例，疫情总体保持在较低水平，防控形势持续向好。但湖北和武汉现有确诊病例数量仍然较多，疫情防控任务依然艰巨繁重，国外疫情快速发展带来不确定性。

◆中国疾控中心研究团队在《美国医学会杂志》发表《不同类型临床标本中 SARS-CoV-2 的检测》，首次发现新冠肺炎患者体内细胞因子变化图谱及预后的规律。

◆中国疾控中心专家应邀参加美国国际抗病毒协会举办的"2020年

递转录病毒机会性感染学术大会（网络会议）"。

3月12日

◆中国国家主席习近平应约同联合国秘书长古特雷斯通电话。习近平强调，中国人民的艰苦努力为世界各国防控疫情争取了宝贵时间，作出了重要贡献。中方愿同有关国家分享防控经验，开展药物和疫苗联合研发，并正在向出现疫情扩散的一些国家提供力所能及的援助。中方支持联合国、世卫组织动员国际社会加强政策协调，加大资源投入，特别是帮助公共卫生体系薄弱的发展中国家做好防范和应对准备。中国已经宣布向世卫组织捐款2000万美元，支持世卫组织开展抗击疫情的国际行动。

◆新华社报道，李克强主持召开中央应对新冠肺炎疫情工作领导小组会议，要求根据疫情形势变化分区分级做好防控和保障工作，精准防范疫情输入输出。

◆二十国集团领导人利雅得峰会第二次协调人会议在沙特举行，会议就新冠肺炎大流行及其对各国人民和全球经济的影响进行讨论，会后发表《二十国集团协调人关于新冠肺炎的声明》。

◆中日韩三国疾控中心主任召开新冠肺炎疫情防控技术电话会，三方介绍本国当前疫情防控情况，并就具体技术问题进行交流和研讨。

◆中国与世界卫生组织在北京以视频连线方式举办新冠肺炎防治中国经验国际通报会。有关国家驻华使馆和国际组织代表参加会议，世界卫生组织西太区与有关国家代表通过视频远程参会。中方同世界卫生组织在会上共同发布最新诊疗方案和防控方案英文版。

◆首批中国抗疫医疗专家组抵达意大利，并带来部分中方援助的医疗物资。

◆国务院联防联控机制新闻发布会通报，总体上，中国本轮疫情流行高峰已经过去，新增发病数在持续下降，疫情总体保持在较低水平。

◆外交部发言人介绍说，新冠肺炎疫情暴发以来，中欧始终保持着密切的沟通与合作，国家卫生健康委、中国疾控中心同欧盟委员会健康总司、欧洲疾控中心专门成立了应对新冠肺炎疫情联合专家组。

3月13日

◆中国国家主席习近平致电欧洲理事会主席米歇尔和欧盟委员会主席冯德莱恩，就近期欧盟发生新冠肺炎疫情向欧盟及各成员国人民表示诚挚慰问。习近平强调，中方坚定支持欧方抗击疫情的努力，愿积极提供帮助，协助欧方早日战胜疫情。中方秉持人类命运共同体理念，愿同欧方在双边和国际层面加强协调合作，共同维护全球和地区公共卫生安全，保护双方人民和世界各国人民生命安全和身体健康。

◆中韩应对新冠肺炎疫情联防联控合作机制正式成立并举行首次视频会议。机制由两国外交部牵头，卫生、教育、海关、移民、民航等部门参加，旨在落实中韩两国元首重要共识，加强双方沟通协调，统筹开展联防联控，共同早日战胜疫情，增进两国人民健康福祉，维护和促进双边交往合作。

◆中国－中东欧国家新冠肺炎疫情防控专家视频会议举行。外交部、国家卫生健康委的官员以及中方疾控、临床、民航、海关、社区留观等领域的专家，同阿尔巴尼亚、波黑、保加利亚、克罗地亚、捷克等17个中东欧国家的政府官员和卫生专家举行视频会议，分享抗疫信息，交流防控经验。

◆中国科学技术大学、中国科学技术大学第一附属医院在《国家科学评论》上发表《致病性T细胞和炎性单核细胞引发炎症风暴导致重症新冠肺炎》。

3月14日

◆新华社报道，中国国家主席习近平日前致电意大利总统马塔雷拉，就近期意大利发生新冠肺炎疫情，代表中国政府和中国人民，向意大利政府和人民表示诚挚慰问。习近平强调，值此意方困难时刻，中国政府和人民坚定支持意方抗击疫情的努力，愿开展合作，提供帮助。习近平指出，人类是一个命运共同体，唯有团结协作才能应对各种全球性风险挑战。只要中意两国以及国际社会携手努力，就一定能够共克时艰，早日战胜疫情，共同护佑两国人民和世界各国人民的康宁。

◆中国国家主席习近平日前致电伊朗总统鲁哈尼，就近期伊朗发生新冠肺炎疫情，代表中国政府和中国人民，向伊朗政府和人民表示诚挚慰问。习近平强调，伊朗政府和人民为中国抗击疫情提供了真诚友善的支持和帮助。为帮助伊朗抗击疫情，中方向伊方提供了一批抗疫物资，派出了志愿卫生专家团队。中方愿同伊方加强抗疫合作，并继续向伊方提供力所能及的帮助。相信伊朗政府和人民一定能打赢这场疫情防控战。

◆中国国家主席习近平日前致电韩国总统文在寅，就近期韩国发生新冠肺炎疫情，代表中国政府和中国人民，向韩国政府和人民表示诚挚慰问。习近平指出，疫情没有国界，世界各国是休戚与共的命运共同体，中国政府和中国人民对韩方目前遭受的疫情和困难感同身受。中方将继续提供力所能及的援助，支持韩方抗击疫情，愿同韩方携手合作，早日共同战胜疫情，维护两国人民和世界人民生命安全和身体健康。

◆国务院联防联控机制新闻发布会通报，通过对全国高、中、低风险县域的监测，到今天为止，全国绝大多数县，是低风险的县，相关省份对高、中、低风险的县区名单进行了公布。

3月15日

◆国务院联防联控机制新闻发布会通报，新增本土确诊病例均来自武汉。湖北除武汉以外地市已连续10日无新增本土确诊病例报告，湖北以外省份新增本土确诊病例数自2月27日以来均在个位数，已连续3日为零报告。

3 月 16 日

◆中国国家主席习近平应约同意大利总理孔特通电话。习近平指出，中方愿同意方一道，为抗击疫情国际合作、打造"健康丝绸之路"作出贡献。相信通过此次携手抗击疫情，两国传统友谊和互信将进一步加深，中意全方位合作将迎来更广阔前景。

◆新华社报道，李克强主持召开中央应对新冠肺炎疫情工作领导小组会议，部署进一步做好疫情防控和后续相关工作，推进全面复工复产，加快恢复经济社会秩序。

◆国务院新闻办公室在北京和武汉同时举行英文记者会，北京协和医院援鄂医疗队的专家就新冠肺炎重症救治相关问题集中回答境外媒体远程提问。

◆国务院新闻办公室在湖北就新冠肺炎重症的科学救治重症救治举行记者见面会。

◆国务院联防联控机制召开新闻发布会，介绍依法防控境外疫情输入有关情况。

3 月 17 日

◆中国国家主席习近平在北京同巴基斯坦总统阿尔维会谈。习近平指出，当前，疫情正在全球多点暴发。各国应该同舟共济、携手抗疫。中方始终秉持人类命运共同体理念，本着公开、透明、负责任态度，及时发布疫情信息，分享防控、诊疗经验。中方愿为防止疫情在世界范围内扩散蔓延作出更多贡献，将继续向巴方提供支持和帮助。

◆中国国家主席习近平应约同西班牙首相桑切斯通电话。习近平强调，经过举国上下艰苦努力，中方防控措施取得积极成效，已经走出最困难、最艰巨的阶段。现在疫情在多国多点暴发，中方愿同各国开展国际合作，并提供力所能及的援助。希望国际社会携手努力化危为机，以开放合作的实际行动抵御疫情冲击，共同维护国际卫生安全。

◆国务院联防联控机制召开新闻发布会，介绍药物疫苗和检测试剂研发攻关最新情况。

◆中日韩举行新冠肺炎问题司局长电话会议，三方介绍了各自国内疫情形势和应对举措，就加强防控疫情合作深入交换意见，认为应共同防止疫情扩散，加强联防联控。

◆国产14种检测试剂盒已向11个国家供货。向柬埔寨捐赠的首批检测试剂盒运抵金边。

3月18日

◆新华社报道，中共中央总书记习近平主持召开中共中央政治局常务委员会会议，分析国内外新冠肺炎疫情防控和经济形势，研究部署统筹抓好疫情防控和经济社会发展重点工作。习近平强调，要加强疫情防控国际合作，同世界卫生组织紧密合作，加强全球疫情变化分析预测，完善应对输入性风险的防控策略和政策举措，加强同有关国家在疫情防控上的交流合作，继续提供力所能及的帮助。

◆国务院总理李克强同欧盟委员会主席冯德莱恩通电话。李克强表示，当前形势下，中方坚定同欧方站在一起，支持欧方抗击疫情努力，并为欧方通过商业渠道采购医疗物资提供便利，也愿积极开展国际合作，共同维护人类健康。

◆国务院总理李克强应约同保加利亚总理鲍里索夫通电话。李克强强调，中方愿同保方加强防疫经验交流，向保方提供力所能及的帮助，并为保方通过商业渠道从中国采购急需的医疗物资提供必要便利。

◆第二批中国抗疫医疗专家组抵达意大利，随机携带了呼吸机、双通道输液泵、监护仪、检测试剂等9吨中方捐助的医疗物资。

◆中国同非洲国家首次就新冠肺炎疫情防控举行专家视频会议。埃塞俄比亚、肯尼亚、利比里亚等国卫生部长，非洲疾控中心副主任等24个非洲国家的政府官员、卫生专家以及世界卫生组织驻部分国家代表等共近 300 人通过网络在线与会。

◆中国同蒙古国举行新冠肺炎疫情技术交流视频会，就疫情形势、防控措施、诊断筛查、诊疗方案等内容进行了深入交流，分享疫情防治经验。

◆国务院联防联控机制新闻发布会通报，17 日内地首次无新增本土疑似病例。湖北除武汉以外地区已连续 13 日无新增本土确诊病例。

◆在广州市举行的第 46 场疫情防控新闻通气会上，钟南山表示，中国采取控制重点一是上游，围堵高疫情的区域，二是在其他地区做群防群控，这在当前已证实有效。

3 月 19 日

◆中国国家主席习近平应约同俄罗斯总统普京通电话。习近平指出，中方愿同包括俄罗斯在内的各国一道，基于人类命运共同体理念，加强国际防疫合作，开展防控和救治经验分享，推动联合科研攻关，携手应对共同威胁和挑战，维护全球公共卫生安全。

◆新华社报道，李克强主持召开中央应对新冠肺炎疫情工作领导小组会议，部署调整优化防控措施，进一步精准防范疫情跨境输入输出，适应形势变化积极有序推进企事业单位复工复产。

◆国家监委调查组发布《关于群众反映的涉及李文亮医生有关情况调查的通报》，并就有关情况答记者问。武汉市公安局决定撤销训诫书并就此错误向当事人家属郑重道歉。

◆外交部会同国家卫生健康委举行中欧疫情防控工作视频会议，向英国、法国、德国、意大利、西班牙、瑞士等 18 个欧洲国家政府官员和医疗防疫专家介绍新冠肺炎疫情防控工作经验。

◆国家卫生健康委与日本驻华使馆召开中日新冠肺炎疫情交流会，双方就建立中日共同应对新冠肺炎临床与防疫机制进行交流。上海市卫生健康委、安徽省卫生健康委分别同哥斯达黎加、南苏丹专家就疫情防控举行视频交流会。

◆国务院联防联控机制新闻发布会通报，18日，内地报告首次无新增本土确诊病例。湖北以外省份，无新增死亡病例，重症病例减少2例，已连续7日无新增本土确诊病例。国际疫情快速蔓延带来的输入性风险增加，要落实外防输入重点任务。

◆中国疾控中心专家参加世界卫生组织／GOARN电话会议，介绍中国防控经验。

◆钟南山在防控经验国际分享交流会上说，新冠病毒在多国蔓延，必须高度重视，"四早"是控制疫情的关键。

3月20日

◆应中方倡议，中日韩举行新冠肺炎问题特别外长视频会议。三方就共同应对新冠肺炎疫情深入交换了意见。

◆国家卫生健康委、外交部共同主办中国与欧亚、南亚地区19国疫情防控技术交流分享专家视频会。

◆国务院联防联控机制新闻发布会通报，19日内地报告首次实现新增本土确诊病例和疑似病例零报告。

◆中国疾控中心专家参加世界卫生组织疫苗研发电话会议。

3月21日

◆新华社报道，中国国家主席习近平日前就西班牙发生新冠肺炎疫情向西班牙国王费利佩六世致慰问电。习近平表示，中方坚定支持西班牙抗击疫情的努力和举措，愿分享防控经验和诊疗方案，并提供力所能及的帮助和支持。

◆中国国家主席习近平日前就塞尔维亚发生新冠肺炎疫情向塞尔维亚总统武契奇致慰问电。习近平强调，中方坚定支持塞方抗击疫情的努力，将向塞尔维亚提供防护物资和医疗器械援助，并协助塞方在中国采购急需物资。中方还将派遣医疗专家组赴塞，协助提升防控效果，维护人民生命健康福祉。

◆中国国家主席习近平日前就德国发生新冠肺炎疫情向德国总理默克尔致慰问电。习近平强调，中方坚定支持德方抗击疫情的努力，如果德方有需要，中方愿提供力所能及的帮助。中方秉持人类命运共同体理念，愿同德方继续分享信息和经验，加强在疫情防控、患者救治、疫苗研发等领域合作，共同维护两国以及世界其他各国人民健康福祉。

◆中国国家主席习近平日前就法国发生新冠肺炎疫情向法国总统马克龙致慰问电。习近平指出，中国政府和人民坚定支持法方抗击疫情努力，愿同法方加强合作，在互帮互助中，共同打赢疫情防控阻击战。中方愿同法方共同推进疫情防控国际合作，支持联合国及世界卫生组织在完善全球公共卫生治理中发挥核心作用，打造人类卫生健康共同体。

3月22日

◆国务院联防联控机制新闻发布会通报，目前全球疫情已蔓延到180多个国家和地区，要严防境外疫情输入，按规定落实检疫、转运、治疗、隔离等措施，确保闭环运作。

◆中国援助塞尔维亚抗疫医疗专家组抵达塞尔维亚，由中国政府捐赠的一批医疗物资同机抵达。

3月23日

◆中国国家主席习近平同法国总统马克龙通电话。习近平应询介绍了中方疫情防控的形势，强调中法共同肩负着维护国际和地区公共卫生安全的艰巨责任，双方应精诚合作，推进联合研究项目，加强国境卫生检疫合作，支持世卫组织工作，共同帮助非洲国家做好疫情防控，努力打造卫生健康共同体。中方愿同法方一道，推动有关各方加强在联合国、二十国集团等框架下协调合作，开展联防联控，完善全球卫生治理，帮助发展中国家和其他有需要的国家加强能力建设，抵御疫情给世界经济带来的冲击，让合作的阳光驱散疫情的阴霾。

◆中国国家主席习近平同埃及总统塞西通电话。习近平指出，事实再次表明，人类是休戚与共的命运共同体。各国必须团结合作，共同应对。中国将同各国一道，基于人类命运共同体理念，加强国际防疫合作，携手应对共同威胁和挑战，维护全球公共卫生安全。埃及当前也面临抗击疫情的紧迫任务，中方愿同埃方及时分享疫情信息、防控救治经验、医疗研究成果，提供医疗物资，支持埃方疫情防控工作，共同抗击疫情。

◆中国国家主席习近平同英国首相约翰逊通电话。习近平应询介绍了中方防控新冠肺炎疫情的举措，强调希望英方同中方加强配合，在保障必要人员流动和贸易通畅的同时，将疫情扩散风险降至最低。各国要在联合国和二十国集团框架内推进合作，加强信息和经验交流共享，加强科研攻关合作，支持世卫组织发挥应有作用，推动完善全球卫生治理，加强宏观经济政策协调，稳市场，保增长，保民生，确保全球供应链开放、稳定、安全。

◆新华社报道，李克强主持召开中央应对新冠肺炎疫情工作领导小组会议，针对疫情变化部署外防输入内防反弹措施，在有效防控疫情同时积极有序推进复工复产。

◆国务院联防联控机制新闻发布会通报，湖北和武汉已经连续5天没有新增确诊病例和疑似病例，现有确诊病例数持续下降。但"零新增"不等于零风险，疫情防控任务依然艰巨繁重。

◆国务院新闻办公室在湖北举行新闻发布会，介绍中医药防治新冠肺炎的重要作用及有效药物。中国工程院院士张伯礼指出，中医药治疗显著降低了由轻症转为重症的比例。

◆中国抗疫医疗专家组抵达柬埔寨，随机运抵的还有一批中方援助的医疗物资。

3月24日

◆中国国家主席习近平同哈萨克斯坦总统托卡耶夫通电话。习近平指出，在应对这场全球公共卫生危机的过程中，构建人类命运共同体的迫切性和重要性更加凸显。唯有团结协作、携手应对，国际社会才能战胜疫情，维护人类共同家园。中方愿同包括哈萨克斯坦在内的世界各国一道，加强国际抗疫合作，共同维护全球公共卫生安全。

◆中国国家主席习近平同波兰总统杜达通电话。习近平指出，中方坚定支持波兰政府和波兰人民抗击疫情的努力。中方还同包括波兰在内的中东欧十七国举行了卫生专家视频会议，及时分享疫情防控信息和有关做法。中方秉持人类命运共同体理念，愿同包括波兰在内的世界各国加强抗疫合作，共同维护全球公共卫生安全。

◆中国国家主席习近平应约同巴西总统博索纳罗通电话。习近平指出，近来，疫情在全球多点暴发，扩散很快。当务之急，各国要加强合作。中方始终秉持人类命运共同体理念，本着公开、透明、负责任态度，及时发布疫情信息，毫无保留同世卫组织和国际社会分享防控、治疗经验，并尽力为各方提供援助。中国为抗击疫情付出了巨大牺牲，为国际社会赢得了宝贵时间，国际社会对此已有公论。

◆中国同拉美和加勒比国家举行新冠肺炎疫情专家视频交流会，分享疫情防控经验。中国在拉美和加勒比地区全部建交及尼加拉瓜等25国的约200名官员和专家，以及世界卫生组织、联合国儿童基金会、泛美卫生组织、美洲开发银行等4个国际和地区组织代表与会。

◆国务院联防联控机制召开新闻发布会，相关疾控专家和医疗专家介绍新冠肺炎疫情防控与医疗诊治有关情况。发布会通报，零星散发病例和境外输入病例引起的传播风险依然存在，防控工作仍不可掉以轻心。

3月25日

◆新华社报道，中共中央总书记习近平主持召开中央政治局常委会会议，听取疫情防控工作和当前经济形势的汇报，研究当前疫情防控和经济工作，决定将有关意见提请中央政治局会议审议。

◆中国国家主席习近平同德国总理默克尔通电话。习近平强调，中方坚定支持德方抗击疫情，愿继续提供力所能及的帮助。两国专家已进行了视频交流，德国专家也随世卫组织专家组来华考察。中方愿同德方分享防控和治疗经验，加强在疫苗和药物研发方面合作，为两国人民健康福祉以及全球公共卫生安全作出贡献。在这次抗击疫情的过程中，中德、中欧展现出团结合作的力量，发挥了正能量。中方愿同包括德国在内的各方加强协调合作，发出同舟共济、团结抗疫的声音，提振国际社会信心。

◆国务院联防联控机制新闻发布会通报，要严防境外疫情输入和境内疫情反弹。

◆中国援建伊拉克的核酸检测实验室在巴格达揭牌。

◆广州呼吸健康研究院计划与美国吉利德科学公司签订协议开展中方牵头的关于瑞德西韦的药用评价研究。

3月26日

◆中国国家主席习近平在北京出席二十国集团领导人应对新冠肺炎特别峰会并发表题为《携手抗疫 共克时艰》的重要讲话。习近平强调，当前，疫情正在全球蔓延，国际社会最需要的是坚定信心、齐心协力、团结应对，携手赢得这场人类同重大传染性疾病的斗争。中方秉持人类命运共同体理念，愿向其他国家提供力所能及的援助，为世界经济稳定作出贡献。

◆中国国家主席习近平复信世界卫生组织总干事谭德塞。习近平表示，中国一直以实际行动积极支持国际社会抗疫努力，已经向包括世界卫生组织在内的国际组织以及80多个国家提供援助。中方将在力所能及范围内，继续为国际社会抗击疫情提供支持。

◆新华社报道，李克强主持召开中央应对新冠肺炎疫情工作领导小组会议，要求严格落实防止境内疫情反弹各项措施，进一步做好境外疫情经陆路水路输入风险防控工作。

◆国务院联防联控机制新闻发布会通报，3 月 25 日，有 23 个省份报告了境外输入确诊病例，防止疫情扩散的压力依然很大，要做好更加持久的防控准备。

◆中国第三批抗疫医疗专家组抵达意大利，所乘飞机携带了呼吸机、监护仪、口罩等中方捐助的医疗物资。

◆中国同西亚北非地区国家举行新冠肺炎疫情卫生专家视频会议。埃及、阿尔及利亚、巴勒斯坦、黎巴嫩、科威特、卡塔尔等 16 个西亚北非地区国家以及海湾合作委员会的卫生官员和专家等共约 200 人通过网络在线与会。

◆国家国际发展合作署数据显示，截至当日，中国已分 4 批组织实施对 89 个国家和 4 个国际组织的抗疫援助，第 5 批援助实施方案正在制订。

3 月 27 日

◆新华社报道，中共中央总书记习近平主持召开中共中央政治局会议，分析国内外新冠肺炎疫情防控和经济运行形势，研究部署进一步统筹推进疫情防控和经济社会发展工作等。会议指出，要推进疫情防控国际合作，同世界卫生组织深化交流合作，继续向有关国家提供力所能及的帮助。

◆中国国家主席习近平同沙特国王萨勒曼通电话。习近平强调，病毒没有国界，只有国际社会合作应对，才能战而胜之。二十国集团成员应该秉持人类命运共同体理念，加强团结、协调、合作，坚决遏制疫情蔓延，全力稳定世界经济。中方愿同沙方保持密切沟通，保持和加强二十国集团合作势头。

◆中国国家主席习近平应约同美国总统特朗普通电话。习近平强调，新冠肺炎疫情发生以来，中方始终本着公开、透明、负责任态度，及时向世卫组织以及包括美国在内的有关国家通报疫情信息，包括第一时间发布病毒基因序列等信息，毫无保留地同各方分享防控和治疗经验，并尽己所能为有需要的国家提供支持和援助。我们将继续这样做，同国际社会一道战胜这场疫情。

◆国务院总理李克强应约分别同欧盟轮值主席国克罗地亚总理普连科维奇、奥地利总理库尔茨通电话。

◆国务院联防联控机制新闻发布会通报，随着境外病例输入，尚在医学观察的密切接触者数量已连续 7 日上升，3 月 26 日相比 19 日增幅为 78%。要进一步完善应急和常态化防控结合的措施，做好境内疫情精准防控，严防扩散。

◆当日晚，国家卫生健康委主任马晓伟在武汉通过视频连线参加由世界卫生组织举行的新冠肺炎疫情信息通报会，分享中国抗疫经验，并就其他国家提出的问题作出回答。来自俄罗斯、巴西、埃及、卡塔尔等多国的 500 余人在线参会。

3 月 28 日

◆中国抗疫医疗专家组抵达巴基斯坦，随机运抵的还有一批中方援助的医疗物资。

◆应欧洲呼吸学会邀请，中国工程院副院长、呼吸与危重症医学专家王辰参加视频连线，向欧洲医师及有关卫生管理人员介绍新冠肺炎防控卫生政策。

3 月 29 日

◆新华社报道，中共中央总书记、国家主席、中央军委主席习近平前往浙江，就统筹推进新冠肺炎疫情防控和经济社会发展工作进行调研（至 4 月 1 日）。习近平强调，要全面贯彻党中央各项决策部署，做好统筹推进新冠肺炎疫情防控和经济社会发展工作。

◆国务院联防联控机制新闻发布会上通报，本土疫情传播已基本阻断。要继续防范本土病例零星散发和境外输入病例传播的双重风险。

◆中国抗疫医疗专家组抵达老挝，专家组随机携带了医疗救治、防护物资及中西药品等中方捐赠的医疗物资。

3月30日

◆新华社报道，李克强主持召开中央应对新冠肺炎疫情工作领导小组会议，要求抓好巩固防控成效各项工作，突出做好无症状感染者防控。

◆"亚洲政党共抗疫情网络专题会"开幕。此次会议由中共中央对外联络部同亚洲政党国际会议常委会秘书处联合举办，旨在通过线上交流的方式促进亚洲政党就疫情防控开展交流对话，推动亚洲各国加强经验分享和抗疫合作。

◆中国向委内瑞拉派遣的抗疫医疗专家组抵达委内瑞拉首都加拉加斯，中方捐赠的检测试剂、防护用品、药品等物资也一同抵达。

◆应美国胸科医师协会邀请，中国医疗专家与美国同行共同参加"新冠肺炎网络论坛"，分享中国抗击新冠肺炎的经验。

◆由中资民营企业出资援建的津巴布韦新冠肺炎定点诊疗医院威尔金斯医院升级改造项目竣工交付。

◆国家卫生健康委主任马晓伟与美国卫生与公众服务部长阿扎通电话，落实中美两国元首3月27日通电话精神，分享中方疫情防治阶段性情况，并就下一步合作交换意见。

3月31日

◆国务院总理李克强应约同阿尔及利亚总理杰拉德通电话。李克强表示，近期疫情在中东地区蔓延，阿尔及利亚抗击疫情任务艰巨，中方对此感同身受，将同阿方坚定站在一起，愿向阿方提供力所能及的帮助，分享防控经验。

◆国务院总理李克强应约同爱尔兰总理瓦拉德卡通电话。李克强表示，中方坚定支持爱方抗击疫情的努力，愿在力所能及范围内向爱方提供必要帮助，为爱方从中国采购和运输医疗物资提供便利，加强防治经验交流，在医药研发等方面开展合作。

◆国务院新闻办公室在湖北武汉举行新闻发布会，就当前疫情防控形势、重症患者救治情况、湖北省和武汉市正常医疗秩序恢复情况、中国开展疫情防控领域国际合作情况等问题回答记者提问。

◆外交部发言人在例行记者会上说，中国政府已向120个国家和4个国际组织提供了包括普通医用口罩、N95口罩、防护服、核酸检测试剂、呼吸机等在内的物资援助，中国地方政府已通过国际友好城市等渠道向50多个国家捐赠医疗物资，中国企业向100多个国家和国际组织捐赠了医疗物资。

（新华社北京2020年4月6日电　记者陈芳、刘华、韩墨、李志晖）